François Emmanuel

Der Wert des Menschen

François Emmanuel

Der Wert des Menschen

Roman

Aus dem Französischen von

Leopold Federmair

Verlag Antje Kunstmann

In einer finsteren Zeit
beginnt das Auge zu sehen.
Theodore Roethke

Ich war sieben Jahre lang bei einem multinationalen Konzern angestellt, den ich im folgenden mit dem Namen SC Farb bezeichne. Dieses Unternehmen deutschen Ursprungs besaß eine wichtige Tochterfirma in einer Grubenstadt im Nordosten Frankreichs. Ich arbeitete dort als Psychologe in der sogenannten Abteilung für menschliche Ressourcen. Mein Aufgabenbereich war zweigeteilt: Personalgutachten und Abhaltung von Seminaren für Firmenangestellte. Ich glaube, es wird nicht nötig sein, mich über die Natur dieser Seminare zu verbreiten. Sie waren von jener neuen Unternehmenskultur inspiriert, die die Motivation der Mitarbeiter in den Mittelpunkt des Produktionsprozesses stellt. Dabei wurden ganz unterschiedliche Methoden wie Rollenspiele oder bestimmte Erkenntnisse aus der Gruppendynamik verwendet, aber auch alte fernöstliche Techniken, die die Menschen dazu bringen sollen, ihre individuellen Grenzen zu überschreiten. Kriegsmetaphern kamen dabei häufig vor, wir lebten definitionsgemäß in einer feindlichen Umwelt, und mir fiel die Aufgabe zu, bei den Teilnehmern jene natürliche Aggressivität zu wecken, die sie engagierter, effizienter und damit letzten Endes produktiver macht. In diesen Seminaren habe ich reife Männer wie kleine Jungen weinen sehen, und ich habe alles getan, damit sie den Kopf wieder heben und auf ihren Posten zurückkehren konnten, mit diesem Leuchten eines falschen Sieges in den Augen, der, wie ich jetzt weiß, der schlimmsten Verzweiflung gleichkommt. Ich habe, ohne mit der Wimper zu zucken, hemmungslosen Selbstentblößungen und Gewaltausbrüchen beigewohnt. Es gehörte zu meiner Funktion, diese Impulse auf das einzige Ziel hinzulenken, das man mir gesetzt hatte: aus diesen Angestellten Soldaten, Kämpfer für die Firma, wettbewerbsfähige Untergebene zu machen, damit die Tochterfirma der SC Farb wieder das blühende Unternehmen würde, das sie einst gewesen war.

Tatsächlich hatte die Firma eben erst eine äußerst schwierige Phase überwunden. Vier Jahre zuvor war ein Sanierungskonzept umgesetzt worden, das die Schließung eines Werks und Personalreduzierungen von zweitausendfünfhundert auf tausendsechshundert

Einheiten beinhaltete. Indirekt war auch ich an dieser Umstrukturierung beteiligt gewesen, da mich die Firmenleitung beauftragt hatte, die Evaluierungskriterien unabhängig vom Alter oder der Dauer der Firmenzugehörigkeit zu verfeinern. Doch von meiner eigenen Beteiligung kann ich jetzt noch nicht sprechen, denn die Erzählung folgt einer Ordnung, die weniger der Chronologie der Tatsachen als einem langsamen und erschreckenden Bewußtwerdungsprozeß entspricht. Der Architekt der Umstrukturierung, seines Zeichens Direktor der französischen Tochterfirma, hieß Mathias Just. Mit ihm pflegte ich jene Art von Kontakten, die man als organische bezeichnet (Arbeitstreffen, wechselseitige Berichterstattung), aber ich hatte von ihm nur jenes distanzierte Bild, das er allen Angestellten vermittelte: das eines verschwiegenen Organisators, eines angespannten, reizbaren Wesens, besessen von Ordnung und Pflicht, kurz, eines Arbeitstiers. Seine Entscheidungen waren unwiderruflich, auch wenn er stets den Anschein von Mitbestimmung wahrte. Nach der Umstrukturierung hatte ihm das deutsche Stammhaus einen gewissen Karl Rose zur Seite gestellt, dessen Funktionen unklar blieben: stellvertretender

Direktor, insbesondere mit Personalfragen betraut. Über das Verhältnis zwischen den beiden Männern kursierten zahlreiche Gerüchte, auch wenn sie sich als Freunde ausgaben und jede Gelegenheit nützten, ihre solidarische und reibungslose Zusammenarbeit zu demonstrieren. Freilich schien Karl Rose in mancher Beziehung das genaue Gegenteil von Mathias Just zu sein. Er war ein redegewandter Verführertyp um die Fünfzig, duzte seine Sekretärinnen und mischte sich gern unter die Mitarbeiter, die er häufig beim Vornamen nannte. Hinter diesem vertrauenerweckenden Äußeren verbarg sich ein Wesen, das menschliche Beziehungen geschickt zu manipulieren wußte, ein listiger Spieler und liebenswürdiger Zyniker, der in einem Spiel, dessen Regeln wir nicht durchschauten, einen Zug nach dem anderen tat.

Als mich Karl Rose an einem Novembertag des Jahres 19.. persönlich in sein Büro rief, ahnte ich, daß das Gespräch keine reine Formsache sein würde. Es hatte an diesem Tag stark geschneit, viel zu früh für die Jahreszeit. Wegen der vielen durch den Schnee verursachten Verspätungen hatte ich meine Vormittagstermine absagen müssen. Rose empfing mich mit

Komplimenten, er sagte, er schätze meine dynamische Art, und gratulierte mir, weil ich mit meinen Seminaren ein »neues Konzept innerbetrieblicher Beziehungen« eingeführt hätte, das nun Früchte zu tragen beginne. Nach dieser Vorrede wies er die Sekretärinnen an, ihn unter keinen Umständen zu stören, und forderte von mir strengste Vertraulichkeit in bezug auf das, was er mir mitzuteilen habe. Er setzte eine strenge Miene auf und sagte, er sei vom Stammhaus beauftragt, mich mit einem Problem zu betrauen, das Anlaß zur Sorge gebe. Die Angelegenheit sei ernst, da es sich um niemand anderen als Mathias Just handle. (Er sprach den Namen deutsch aus.) Bevor er weiter ins Detail ging, erkundigte er sich nach der Art meiner Beziehungen zum Generaldirektor. Ich antwortete, daß sie ausschließlich beruflicher Natur seien, daß ich die Privatperson Just nicht kenne und wir einander nur ein paarmal begegnet seien, immer im Rahmen von Arbeitsbesprechungen. Außerhalb dieser Sitzungen würden wir einander höflich grüßen und die üblichen Floskeln austauschen. Diese Antwort kam der Wahrheit ziemlich nahe. Ich habe von Vertraulichkeit gesprochen, fuhr Rose fort, Ihnen als Psychologe muß ich die Bedeutung dieses Worts nicht erklären. Damit Sie mich richtig verstehen: Sie sind der einzige, mit dem ich hier *unsere* Sorge teilen möchte. In der Folge sprach er eine Reihe von Vermutungen aus, die allesamt das betrafen, was man wohl oder übel den geistigen Gesundheitszustand Justs nennen muß. Diese Vermutungen blieben vage, aber vielleicht äußerte er sich mit Absicht nicht genauer, um nicht gleich zu Anfang alle Karten auf den Tisch zu legen. Die Informationen stammten von einer der beiden Privatsekretärinnen des Direktors, und sie wurden durch, wie er es nannte, beunruhigende Details bestätigt. Ich kenne Just seit fast zehn Jahren, sagte Rose, von den monatlichen Konferenzen in unserem Stammhaus, hier begegne ich ihm nun Tag für Tag, und seit einigen Monaten stelle ich fest, daß er nicht mehr er selbst ist. Es ist mehr ein Gefühl, das sich aus kleinen Beobachtungen zusammensetzt, aber für jemanden, der ihn als Menschen kennt, ist der Unterschied frappierend. Ich sage Unterschied und fürchte, daß ich sagen muß: Krankheit, aber so weit wage ich nicht zu gehen. Darüber müssen Sie mich nun aufklären, es ist Ihr Fachgebiet. Bedenken Sie, wiederholte Rose, bedenken Sie, daß diese Angelegenheit äußerst schwerwiegend ist. Just ist eine der tragenden Säulen unseres französischen Firmenzweigs und der Sanierung insgesamt. In Deutschland wollen sie wissen, was mit ihm los ist, sie wollen einen detaillierten Bericht. Dieser Bericht wird hoffentlich positiv ausfallen, so daß wir beruhigt sein können, ich vor allen anderen, denn ich empfinde tiefe Freundschaft für den Generaldirektor und fühle mich ihm verpflichtet. Hier machte Karl Rose eine Pause. Für diesen Sonderauftrag, fuhr er dann fort, können Sie sich Ihre Arbeitszeit frei einteilen, stellen Sie alles Unwichtige hintan. Sicher werden Sie, unter welchem Vorwand auch immer, eine persönliche Beziehung zu Just aufbauen müssen, um sich eine genauere Vorstellung von dem Problem zu machen. Herr Just ist jeden Samstagnachmittag auf dem Golfplatz zu finden, der den Firmenangehörigen offensteht, vielleicht können Sie diese Gelegenheit nützen, um an ihn heranzukommen. Auf meine Frage, ob er es für angebracht halte, daß ich die Sekretärin treffe, die mit ihm gesprochen hatte, zögerte Karl Rose einen Moment, dann stimmte er zu und sagte, er werde sie benachrichtigen, bat mich aber zugleich, meine Nachforschungen mit dem nötigen Feingefühl zu führen, die Dame hänge nämlich immer noch sehr an ihrem Chef. Ich erbat mir einen Tag Bedenkzeit, den mir Rose ohne weiteres gewährte. Als ich ihn verließ, hatte ich das Gefühl, auf sehr subtile Weise manipuliert worden zu sein. Dieser Eindruck sollte sich freilich nach jeder unserer Begegnungen wiederholen, denn Rose ließ den Grund seiner Gedanken niemals durchschimmern. Bestimmt, sagte ich mir, ist zwischen den beiden Direktoren ein obskurer Machtstreit im Gang. Wenn sie, wie ich annehmen mußte, einander ebenbürtig waren, konnte ich mir bei dem Spiel nur die Finger verbrennen. Aber Rose hatte mir bereits zuviel gesagt. Wenn ich den Auftrag ablehnte, bestand die Gefahr, daß ich für ihn zum Störfaktor wurde. So sagte ich schließlich ohne große Überzeugung zu, wobei ich mir vornahm, die Untersuchung diskret zu führen und den Bericht so neutral wie möglich zu halten. Wäre ich nicht so neugierig gewesen zu erfahren, was sich da im Dunkeln entspann, und hätte ich mir nicht eingebildet, das Spiel trotz allem beherrschen zu können, ich hätte mich Roses Ansinnen unter irgendeinem Vorwand entzogen.

Die älteste der Sekretärinnen Mathias Justs zuckte zusammen, als sie mich in der Tür ihres Büros erblickte. Ohne Fragen zu stellen, akzeptierte sie meinen Vorschlag, uns in einem schicken, mitten im städtischen Einkaufszentrum gelegenen Lokal zu treffen. Sie war eine unverheiratete Frau in den Fünfzigern, elegant, aber farblos, stets in ein strenges Kostüm gekleidet. Sie hieß Lynn Sanderson und hatte sich aus ihrer englischen Kindheit einen affektierten, etwas singenden Tonfall bewahrt. Während unseres Gesprächs leugnete sie lange Zeit, daß es mit ihrem Chef auch nur das geringste Problem gebe, und bedauerte, Herrn Rose eine Sorge anvertraut zu haben, die am Ende gar keine rechte Begründung hatte. Herr Just, wiederholte sie, als wäre das meine Frage gewesen, Herr Just ist ein Ehrenmann, konsequent in jeder Hinsicht, dabei rücksichtsvoll gegenüber seinen Nächsten. Vielleicht, räumte sie ein, habe er manchmal schwierige Phasen, wie zweifellos jeder von uns. Der Grund dafür seien Sorgen, die sie als persönliche bezeichnete. Bei diesen Worten hatte sie Mühe, eine Gefühlsaufwallung zu verbergen. Ich versicherte ihr, meine Aufgabe als Psychologe sei es vor allem, Leuten zu helfen, die in

Schwierigkeiten seien, außerdem sei es meine berufliche Pflicht, ihr die Vertraulichkeit unseres Gesprächs zu garantieren. Es fehlte nicht viel, und sie hätte die Waffen gestreckt. Erst heute kann ich ermessen, wie heuchlerisch mein Bekenntnis zu meinem Berufsethos war, und es wird mir klar, daß das Wort Vertraulichkeit in Wahrheit auf meinen Pakt mit Karl Rose verwies. Lynn Sanderson ging teilweise in die Falle. Sie ließ sich, ihre Stimme wurde nun brüchig, zu einer der persönlichen Sorgen ihres Chefs lenken, dessen einziges Kind tot zur Welt gekommen war und der seither regelmäßig in Zustände tiefer Trauer verfiel. Niemand ist vor dem Unglück gefeit, meinte sie, den Blick ins Leere gerichtet. Ich glaubte in diesem Moment zu spüren, daß eine besondere Beziehung sie mit ihrem Direktor verband. Vielleicht hatten sie einander geliebt, vielleicht hüteten sich beide vor einer Liebe, die sich niemals offen zeigen durfte, oder sie liebte ihn heimlich mit jener Anhänglichkeit, zu der bestimmte Frauen fähig sind, aber warum war sie dann zu Rose gegangen, auf die Gefahr hin, diese Verbindung zu verraten? Ich erhielt an diesem Tag keine Antwort. Es schien mir besser, nicht weiter in sie zu dringen, sondern ihr Mißtrauen zu zerstreuen, indem ich von gemeinsamen Interessen sprach, und einen Termin für ein weiteres Gespräch mit ihr zu vereinbaren. Gemeinsam war uns die Liebe zur Musik, sie spielte in ihrer Freizeit Violine, ging häufig in Konzerte, hörte gern Bach, Fauré, Franck, Schumann. Auch Mathias Just hatte sich der Violine verschrieben. Dieser Mann, der so streng gegen sich selbst war, zeigte eine große Sensibilität für die Musik. Aber jetzt spielt er nicht mehr, glaubte die Sekretärin hinzufügen zu müssen.

Ein vertraulicher Brief, an meine Privatadresse geschickt, resümierte die Laufbahn Mathias Justs bei der SC Farb. Die nervöse Handschrift Roses (»*zu allfälligem Gebrauch*«) krönte dieses deutschsprachig abgestempelte Papier: **Hauptdirektion, unter keinen Umständen weiterleiten.** Ich erfuhr daraus, daß Just im Alter von fünfundzwanzig Jahren in die Firma eingetreten war. Er hatte zunächst als Ingenieur gearbeitet und war dann, nach einem Fortbildungskurs im Stammhaus, langsam die Leiter emporgestiegen, um stellvertretender Produktionsleiter und schließlich Generaldirektor der französischen Tochterfirma zu werden. Seine führende Rolle bei der Umstrukturierung wurde nur in wenigen Zeilen erwähnt. Es war in diesem Zusammenhang von seinem Verhandlungsgeschick und zwei Medienauftritten die Rede, die als »präzise und überzeugend« eingestuft wurden. Ein Detail zog meine Aufmerksamkeit auf sich: Just hatte, als er noch nicht Generaldirektor war, mehrere Jahre lang zusammen mit drei anderen Musikern der Firma ein Streichquartett gebildet. Dieses Farb-Quartett (so der Name) hatte »mit Erfolg« bei den jährlichen Feiern des Unternehmens gespielt. Das letzte Mal war es vor acht Jahren aufgetreten. Dem beruflichen Curriculum des Generaldirektors waren zwei seltsame Bögen beigefügt, auf denen mehrere rechteckige Zettel untereinander angeordnet und fotokopiert worden waren. Ich gebe im folgenden einige dieser Fragmente wieder, die während der letzten zwei Jahre verfaßt worden waren und eindeutig von einem in der Firma offenbar gängigen Denunziantentum zeugten:

12. 4., 17. 4., 21. 5.: Unbegründete Verspätung.
3. 6.: Unwohlsein in der Vorstandssitzung, kann seine Notizen nicht lesen, Vorwand Migräne mit Sehstörung.

4.7.: Verschanzt sich den ganzen Vormittag in seinem Büro, geht nicht ans Telephon. Wassergeräusche (?).
2.9.: Ändert seine Unterschrift, nur noch ein Kürzel (siehe Kopie).
23.11.: Klage gegen die Reinigungsfirma wegen angeblicher Entwendung von Dokumenten. Interne Untersuchung wird ergebnislos eingestellt. Zieht die Klage zurück.
6.2.: Trifft eine Stunde vor Öffnung der Bürogebäude auf dem Parkplatz ein, sitzt die ganze Zeit reglos in seinem Wagen.
14.2.: Jagdschein offenbar in den Aktenvernichter gesteckt.
5.6.: Alkoholisiert (wahrscheinlich, nicht bestätigt), elf Uhr morgens.
9.8.: Lederhandschuhe verloren. Völlig verwirrt. Merkwürdiges Verhalten.
2.11.: Wechselt seine beiden Privattelephone aus. Vermutet, abgehört zu werden.
12.12.: Hat Antrag auf Namensänderung gestellt (statt Just Schlegel, Mädchenname der Mutter). Antrag schließlich abgelehnt.

Ein karierter Notizzettel mit einer Schriftprobe Justs war an das letzte Blatt geheftet. Offensichtlich handelte es sich um eine Botschaft, die er Rose mitten in einer Konferenz hatte zukommen lassen. Der mit Bleistift geschriebene, kaum lesbare Text (»*Karl, erwähne B. nicht in deinem Statement, sie sind auf dem laufenden*«) war von schrägen Linien durchzogen, die Buchstaben *a* und *m* von einem Kreis umgeben, manche Leerstellen mitten in den Wörtern waren unterstrichen.

Mein Besuch auf dem Golfplatz am darauffolgenden Samstag war ergebnislos. Ich erfuhr, daß er seit mehreren Monaten nicht mehr hier verkehrte, obwohl er früher sehr regelmäßig gekommen sei und ganz allein, manchmal sogar im Regen, immer denselben Parcours mit neun Löchern absolviert habe. Ich beschloß, mich ihm von einer anderen Seite zu nähern. Dank einer Freundin, die in der Personalabteilung arbeitete, kam ich zu einigen Informationen über das Farb-Quartett. Ich entdeckte, daß auch Lynn Sanderson Mitglied gewesen war, ebenso ein Handelsvertreter, den die Firma inzwischen entlassen hatte, und ein graduierter Chemiker namens Jacques Paolini, der Cello spielte. Letzterer empfing mich im eisigen Universum seiner Monitoren, Chromatographen und anderen Präzisionsinstrumente. Er war ein ziemlich beleibter, offenbar gutmütiger Mann mit feiner Ironie, auch wenn er in einem etwas schleppendem Ton sprach. Die Musik ist eine launische Geliebte, sagte er. Am gefährlichsten sind die Streichquartette. Nehmen Sie vier Spielkarten: ein König, eine Königin, ein Bube, eine Sechs. Oder ein Pikkönig, eine Kreuzzehn, eine Karosechs, eine Herzdrei. Mit einem solchen Blatt haben Sie keine Chance, es ist besser, Sie legen die Karten auf den Tisch und passen. Wer war der König? fragte ich ihn. Er lächelte: Es wird Ihnen nicht schwerfallen zu erraten, wer die vier Karten sind: ein Direktor oder Beinahe-Direktor, eine Sekretärin, ein Handelsvertreter, ein Chemiker. Die Musik liebt solche Hierarchien nicht. Vier Buben wären besser gewesen, oder viermal die Zehn, das ergibt einen hübschen Vierer. Haben Sie sich nicht gut verstanden? fragte ich aufs Geratewohl. Ich würde eher sagen, wir haben nicht harmoniert, antwortete er. Wir waren nicht gut aufeinander abgestimmt. Das Streichquartett von Franck war ein Massaker, das vierzehnte von Schubert nicht viel besser. Und wie spielte Just? Paolini klärte mich auf: mit einer Anspannung, einer Zwanghaftigkeit, einem Beherrschungswillen, der die Musik in die

Flucht schlägt. Hinter jedem Perfektionismus verbirgt sich eine entsetzliche Angst vor der Leere. Paolini musterte mich über seine Brille hinweg. Diese Erfahrung hat Sie bitter gemacht, sagte ich. Er wich auf seine Art aus: Die Bitterkeit ist eine Daseinsform, das habe ich von meinem Instrument gelernt. Akkordeonspieler bedienen die volkstümliche Melancholie, Geigenspieler versuchen sich am Erhabenen. Ein feines Lächeln erhellte sein Gesicht. Und Sie, was verstehen Sie von Musik, Herr Industriepsychologe?

Mein erster Kontakt zu Mathias Just war ein Telephongespräch am darauffolgenden Tag. Just fragte mehrfach nach dem genauen Grund des von mir gewünschten Treffens. Als ich das Farb-Quartett erwähnte, verfiel er in ein so langanhaltendes Schweigen, daß ich einen Moment lang glaubte, die Verbindung sei unterbrochen. Wir verabredeten uns für den Abend desselben Tags, Punkt halb sieben, nach dem offiziellen Büroschluß, wenn die Sekretärinnen nach Hause gegangen waren. Diese erste Begegnung gleicht in meiner Erinnerung einem überbelichteten, irgendwie beängstigenden Film. Die Neonleuchten an der Decke verbreiteten ein grelles Licht, Just fixierte mich reglos, ich sehe wieder diesen harten Blick vor mir, den eckigen Kopf mit buschigen Augenbrauen, kastanienbraunem Haar, Bürstenschnitt, sehr breitem Mund und kräftigem Hals. Er fragte mich eindringlich nach den Gründen meines Interesses für das Farb-Quartett, meine Antworten schienen ihn nicht zufriedenzustellen. Mehrmals notierte er sich etwas auf seinem winzigen Block und ließ mich sogar meinen Namen buchstabieren, der ihm doch bekannt sein mußte. Die Tatsache, daß ich im Rahmen meiner beruflichen Aufgaben erkunden wollte, ob man die Idee eines Firmenorchesters wieder aufgreifen solle, kam ihm merkwürdig vor. Er vermutete, daß etwas anderes dahintersteckt. Da ich erst nach der Auflösung des Quartetts in die Firma eingetreten war, fragte er mich mit Nachdruck, wer mir davon berichtet hatte. Die Erwähnung Paolinis schien ihm nicht zu gefallen, aber er enthielt sich jeglichen Kommentars. Übergangslos bat er mich, kurz den Ablauf meiner Seminare zu beschreiben, denen er nicht recht traue, die jedoch, wie er meinte, dem Zeitgeist entsprächen. Ich hatte meine Erklärungen noch nicht beendet, als er unvermittelt aufstand, um sich im Waschraum, der an sein Büro grenzte, die Hände zu waschen. Von meinem Platz aus konnte ich sehen, wie er sich die Hände mit Hilfe einer kleinen Bürste methodisch schrubbte, und er war so versunken in diese Tätigkeit, daß ich schon glaubte, er habe mich vergessen. Als er zurückkam und sich setzte, wirkte er zugleich erleichtert und abwesend. Er sagte: Ich werde nachsehen, ob sich in meinem Privatarchiv eine Aufnahme von unseren Interpretationen befindet. Und er begleitete mich zur Tür, ohne mir die Hand zu reichen.

Sehr früh am nächsten Morgen rief er persönlich an, um mir zu sagen, daß er das Dossier über das Farb-Quartett gefunden habe, und mich für nächsten Samstag zu sich einzuladen, damit ich mir die Aufnahmen anhören könne. Er sprach abgehackt, zwischen den Pausen überstürzten sich die Wörter. Ich war überzeugt, daß er das Treffen später absagen würde. Er tat es nicht. Um die Wahrheit zu sagen, machte mir die Aussicht auf diese Begegnung ein wenig angst, denn ich ahnte, daß sie ein Geschehen beschleunigen würde, das ich beherrschen zu können geglaubt hatte. Ich schrieb mein Unbehagen seiner todesähnlichen Ausstrahlung zu, dieser extremen Anspannung, die seine

Gesten hemmte, den Sätzen, die so trocken waren, als würde er seinem Nächsten gegenüber nur den Ton des Befehls oder der Weisung kennen. Ich habe das Wort todesähnlich gewählt, weil ich den Eindruck hatte, daß er vom Tod, aber auch von Mordgedanken beherrscht war. Der rasche Wechsel zwischen Zorn und Angst in seinem Blick ließ mich zwischen den beiden Seiten des Triebs zögern.

Er wohnte in einer Neubauvilla am Seeufer, einem kalten und luxuriösen Gebäude, das von einem säuberlich gepflegten französischen Garten umgeben war. Das Einfahrttor wurde durch elektronische Fernsteuerung geöffnet. Zwei Säulen aus hellgrauem Marmor flankierten den Hauseingang. Just empfing mich in einem kleinen Rauchsalon neben der Vorhalle. Er schien sich nicht wohlzufühlen auf dem niedrigen Lehnsessel, in dem gutbürgerlichen Dekor aus Porzellanvitrinen und hübschen Mahagonirahmen. Aber es war nicht nur seine Körpergröße oder latente Gewalttätigkeit, die den kleinen Salon zu sprengen drohten, sondern etwas Unbeherrschtes an seinem Verhalten, eine enthemmte, manchmal fast brutale Direktheit, eine Art forscher Lässigkeit, die der furchtsame Blick Lügen strafte. Ich merkte, daß er betrunken war. Und ich vermutete, daß er getrunken hatte, um die Angst vor meinem Besuch zu beschwichtigen, sah er mich doch als Vorboten eines Ereignisses, dem er sich nicht mehr entziehen konnte, so daß ihm nichts anderes übrigblieb, als sich mit mir zu verbünden. Als seine Frau auf einem Tablett die Gläser für den Aperitif hereintrug, erkannte ich mit einem Blick das ganze Elend dieser Person. Sie war eine zierliche, gepflegte Dame, vorzeitig gealtert, mit einem weißen Haarknoten, der über einem Gesicht mit traurigen Augen thronte. Alles deutete darauf hin, daß sie eine gefügige Gattin und perfekte Hausfrau war, wie man sie in diesen Kreisen schätzt. Ihr Vorname war Lucy. Als sie in die Küche zurückgekehrt war, kam das Gespräch wieder in Gang, bruchstückhaft, eher zusammenhanglos folgten auf Fragen über mein Privatleben (hörte er zu, wenn ich antwortete?) Bemerkungen über die Musik im allgemeinen und persönliche Erinnerungen, deswegen war ich schließlich gekommen, Erinnerungen an seine musikalische Ausbildung, an die Anfänge und seltenen Sternstunden des Farb-Quartetts. Sein Lehrer war ein gewisser Zoltan Nemeth gewesen, dessen

Namen ich als gebildeter Mensch zu kennen hatte. Das Streichquartett probte dienstags und sonntags, Justs Sekretärin hatte auch dazugehört, sie hatten sich an Dvorak, Franck und sogar an Schubert versucht. Mit leiser Stimme fügte er hinzu: *Der Tod und das Mädchen*, ich habe die Aufnahme gefunden. Er stand auf, schwankte ein wenig und bat mich, ihm in ein Zimmer zu folgen, dessen hohe Bogenfenster auf den See gingen. Wir setzten uns dem mittleren Fenster gegenüber, ein halbes Dutzend Lautsprecher bildeten im Zimmer eine Art Kreis, Just schaltete den Apparat mit der Fernbedienung ein, und die ersten Noten des Andante erklangen, langsam, zu langsam, schnarrend, ein wenig mechanisch, dennoch jene gespannte Melancholie verströmend, die die reinsten Werke des Wiener Schulmeisters auszeichnet. Hier kam es nun zu einem Zwischenfall: Ich hörte zunächst, wie er bestimmte Laute auf deutsch ausstieß, die dumpf und irgendwie beschwörend klangen, dann warf er den Kopf in den Nacken, klammerte sich an die Armlehnen und begann zu schreien: Genug! Genug! Schließlich schaltete er das Tonband aus. Nachdem er langsam die Fassung wiedergewonnen hatte, sagte er: Es ist unerträglich, verstehen Sie, unerträglich, und er fügte einen Satz hinzu, den ich mir später aufschrieb, so merkwürdig kam er mir vor: »Die Musik der Engel, verstehen Sie, zehn, zwanzig von ihnen haben sich verbündet, sie werden meinen Körper zerreißen...« Er blieb eine Weile mit starrem Blick sitzen, die Hände um die Armlehnen gekrampft, dann stand er plötzlich auf und ließ mich allein zurück. Eine Tür schlug im Haus, irgendein Gegenstand kollerte lärmend die Treppe herunter, kurz darauf erschien Lucy im Türrahmen. Sie zitterte am ganzen Leib und war sehr blaß. Es ist nichts passiert, murmelte sie, mein Mann ist zu sensibel, er hat seit Monaten keine Musik mehr gehört. Und sie bestand darauf, daß ich nicht weggehen dürfe, ohne mich von ihrem Gatten zu verabschieden. Dieser kehrte wenige Augenblicke später zurück, er wirkte ziemlich benommen, obwohl er sich ein Lächeln abzwang und das Geschehene herunterzuspielen versuchte, indem er es auf die grauenhafte Interpretation des Streichquartetts und den schrecklichen Perfektionismus schob, der ihn den »gewöhnlichen Menschenverstand« verlieren ließ, wenn er die »zahllosen Fehler« wahrnahm, die er begangen hatte.

Wir gingen wieder in den Rauchsalon, er immer noch außer Atem, seine Augen glänzten, und er bemühte sich, ruhig zu wirken. Nachdem Lucy uns allein gelassen hatte, fragte er mich, ob ich regelmäßig Kontakt zu Karl Rose hätte, und wollte unbedingt wissen, ob sich der stellvertretende Direktor für meine Arbeit interessiere und welchen Stellenwert er meiner Abteilung beimesse. Ich wand mich heraus, so gut ich konnte. Er sagte wörtlich: Ihr Arbeitsgebiet interessiert mich, der »menschliche Faktor« interessiert mich, ich muß mit Ihnen sprechen, nicht jetzt, sondern später, über ein bestimmtes Problem. Ich schob eine familiäre Verpflichtung vor, um mich davonzumachen.

Lucy Just rief mich am darauffolgenden Montag im Büro an. Ihre Stimme zitterte. Unter einem ziemlich nichtigen Vorwand (ich hatte meinen Tabaksbeutel vergessen) lud sie mich ein, so bald wie möglich bei ihr vorbeizukommen. Ich beschloß, sie am späten Nachmittag zu besuchen, so daß wir genügend Zeit haben würden bis zu dem Zeitpunkt, da Just gewöhnlich die Firma verließ. Sie bat mich in einen riesigen Speisesaal, wo das metallische Ticken einer Wanduhr die Stille betonte. Lucy saß mir gegenüber am Tisch, hinter dem Teeservice, das sie nicht anrührte; sie wagte kaum, die Augen zu heben, und wählte ihre Worte mit Bedacht. Ich weiß nicht wirklich, wer Sie sind und was Ihre Absichten sind, begann sie, ich will hoffen, daß sie lauter sind und daß Sie aufgrund Ihrer psychologischen Ausbildung verstehen können, ohne zu urteilen. Sie werden es bereits gemerkt haben: Meinem Mann geht es nicht gut. Zweifellos war die Musik für ihn eine allzu schwere Prüfung, aber das konnten Sie nicht wissen. Mathias kann seit langem keine Musik mehr hören, er sagt, daß sie ihm Schmerzen verursacht, wie Messerklingen in seinem Körper, solche Dinge sagt er. Aber was mich erschreckt, Monsieur, ich hoffe, ich finde die richtigen Worte, was mich erschreckt, ist der Blick, den er manchmal hat, mir scheint, daß er dann nicht mehr bei sich ist. Nachts schließt er sich in seinem Büro ein, und ich höre, wie er auf und ab geht und mit lauter Stimme spricht. Ich wollte seine Pistole verstecken, denn er sagt manchmal schreckliche Sätze. Aber die Pistole ist nicht mehr in der Schublade. Unlängst habe ich ihn im Zimmer unseres kleinen Alois überrascht. Er lag neben der Wiege, stellen Sie sich seinen großen Körper vor, ich habe ihn bei der

Hand genommen, und er hat es geschehen lassen. Der Tod unseres Kindes hat eine Trauer zurückgelassen, die niemals vergehen wird, auch wenn Alois keinen einzigen Atemzug getan hat. Begreifen Sie, Monsieur, welche Hoffnung ein Kind in einem so schönen und großen Haus darstellt? Zweimal hatten wir beschlossen, eines zu adoptieren, aber jedesmal hat Mathias den Antrag zurückgezogen, ich habe nie verstanden, warum. Ich glaube zu wissen, daß er etwas gegen Herrn Rose hat, obwohl wir früher ein sehr gutes Verhältnis zu ihm hatten. Frau Rose und ich waren enge Freundinnen, aber er verbietet mir jetzt, sie zu sehen. Ich sollte Ihnen das alles wahrscheinlich nicht sagen, Monsieur, ich nehme an, daß er sehr ärgerlich wäre, wenn er wüßte, daß ich mich Ihnen anvertraue, aber mit wem sonst soll ich sprechen? Er lehnt jede Hilfe ab, er glaubt, daß er nicht krank ist, und behauptet, es sei alles eine Intrige. Intrige, dieses Wort macht mir angst, in ihrem Fach nennt man so etwas, glaube ich, Paranoia, nicht wahr? Außer, es handelt sich wirklich um eine Intrige, aber warum redet er dann nicht darüber? Wir haben einander immer vertraut. Jetzt darf ich nicht einmal mehr sein Büro betreten. Sie sah mir endlich in die Augen. Können Sie mir helfen, meinen Mann zu verstehen? flehte sie leise. Ich wußte nicht, was ich antworten sollte. Ich versprach, mit ihr in Verbindung zu bleiben und das von ihm vorgeschlagene Treffen abzuwarten, um mir eine Meinung zu bilden. Daraufhin schien sie erleichtert zu sein. An der Wand hing ein großes Foto, auf dem Mathias Just steif und feierlich an der Seite der kleinen Lucy posierte, die sich an seine Schulter schmiegte. In ihren Augen war ein vergnügtes, zärtliches Leuchten, das ich nicht an ihr kannte. Dieser gerahmte Abglanz einer vergangenen Zeit wirkte wie ein Vorzeichen des Unglücks in diesem großen neugotischen Speisesaal mit seinen Lüstern und Kerzenhaltern aus Zinn. Lucy drückte mir ängstlich die Hand und blieb in der Tür stehen, bis mein Wagen um die Ecke gebogen war. Sie schien noch immer zu flehen, als wollte ihr kleiner Körper den schwankenden Schatten des Mannes verhüllen, mit dem sie jahrelang die Hoffnungen und kalten Nächte geteilt hatte.

Das Kuvert, das mir Karl Rose, wiederum an meine Privatadresse, zukommen ließ, brachte ein neues Element, dessen ganze Tragweite ich in diesem

Augenblick noch nicht zu erfassen vermochte. Es enthielt einen ziemlich langen handgeschriebenen Brief von Mathias Just an den Direktor des Stammhauses. Diesem Dokument war die getippte Fassung beigegeben. Es handelte sich um einen anscheinend banalen technischen Bericht über Produktionszahlen, Personalstand, Perspektiven und Projektionen für das kommende Jahr, ausgehend von zwei verschiedenen Hypothesen, K und B, die nicht näher beschrieben waren. Karl Rose wollte mich weniger auf den Inhalt des Briefes als auf die Unterschiede zwischen der Erstfassung und der Maschinenabschrift aufmerksam machen. Im handgeschriebenen Text fehlte tatsächlich eine Reihe von Wörtern, die dann in der definitiven Fassung vorhanden waren. Ich schloß daraus, daß eine Sekretärin Justs, wahrscheinlich Lynn Sanderson, die Briefe ihres Direktors korrigierte, und ich wunderte mich erneut, daß sie seine Fehler deckte und sich gleichzeitig als Denunziantin betätigte. Diese Überlegung lenkte mich vom eigentlichen Problem dieses zweifachen Dokuments ab. Es wurde mir nicht klar, daß die Auslassung der Wörter nicht einfach vom Zufall bestimmt war, sondern daß die fehlenden Substantive zu einem besonderen Netz von Bedeutungen gehörten, daß sie also wie die Stücke eines Rebus waren, zu dem weder Rose noch ich den Schlüssel hatten. Erst später, als ich den Brief noch einmal las, fiel mir das Fehlen bestimmter Wörter auf, so zum Beispiel **Abänderung**, **Anweisung** oder, zweimal, **Betrieb**. Anscheinend gab es im Kopf von Just eine Zensurstelle, etwas wie ein parasitäres Programm, das bestimmte Wörter löschte und Leerstellen, Abwesenheiten erzeugte. Hätte ich damals die Geistesgegenwart gehabt, die fehlenden Wörter so aneinanderzureihen, als ob sie zu einer verbotenen Sprache gehörten, deren man sich nur im geheimen bedient, ich hätte vielleicht einen Teil des Rätsels lösen können. Bei aufmerksamer Lektüre hätte mir das wiederholte Abrutschen der Feder ebensowenig entgehen dürfen wie die Präsenz eines textfremden, unleserlichen Worts: **Reinigung** oder **Reizung**... Im Original dieses technischen Briefs mit seiner eiligen, wirren Schrift war das Verschriebene, Versagte, Verfluchte der ganzen Geschichte zusammengefaßt, als wäre das glatte Gewebe dessen, was Just als gesunden Menschenverstand bezeichnet hatte, darin deformiert, aus allen

Richtungen überschwemmt von einer steigenden Flut des Aufruhrs, des Unsinnigen, des Unsagbaren.

»Der menschliche Faktor, der menschliche Faktor«, wiederholte er Silbe für Silbe. Ich sehe ihn wieder vor mir, am Abend unseres dritten Treffens, und ich erinnere mich an meine geradezu körperliche Angst. Er hatte mich am späten Nachmittag angerufen, um mich für zwanzig Uhr in sein Büro zu bestellen. Ich verstand nicht, worauf er hinauswollte mit diesem »menschlichen Faktor«. Gewiß, er bezog sich damit auf die Vorstellung, die er sich von meiner Arbeit machte, aber warum legte er soviel Nachdruck darauf? Er schien diesmal im Vollbesitz seiner Kräfte zu sein, obwohl der Gesichtsausdruck starr und angespannt war, der Ton seiner Stimme ein wenig gestelzt, als würde er einen Text hersagen, den er zuvor einstudiert hatte. Wiederum spürte ich eine extreme Gewalt hinter der feierlichen Rede, die er mir hielt. Ich fürchtete, er könne jeden Augenblick die Selbstbeherrschung verlieren und in Schreie und Beschimpfungen ausbrechen. Während er sprach, strich er mit dem Finger über ein metallenes Lineal, das auf seiner Schreibgarnitur lag. Ich kann die Bedeutung der menschlichen

Dimension nicht ignorieren, hämmerte er auf mich ein, sie bleibt eine meiner Hauptsorgen, nur aus diesem Grund habe ich darauf bestanden, daß Sie an allen Sitzungen, die die Grundsatzentscheidungen der Firma betreffen, persönlich teilnehmen. Und wenn ich Sie gebeten habe, während der langen Prüfung, die die Umstrukturierung für uns bedeutete, die Evaluierungskriterien für das Personal immer und immer wieder zu verfeinern, so deshalb, weil ich mich seit jeher bemühe, den menschlichen Faktor mit den wirtschaftlichen Notwendigkeiten in Übereinstimmmung zu bringen. Glauben Sie mir, selbst auf dem Höhepunkt der Krise habe ich nicht vergessen, wie zentral diese Frage ist. Jedes Unternehmen sieht sich eines Tages, vom Arbeiter bis zum Direktor, damit konfrontiert. Vom Arbeiter bis zum Direktor, unterstrich er. Danach schwieg er eine Weile, ich sah, wie sich sein Mund verzog, und während sich ein Schatten der Angst auf seinen Blick legte, hörte ich ihn mit leiser Stimme, jede Silbe betonend, sagen: Ich weiß genau, Monsieur, daß Karl Rose Sie beauftragt hat, mich zu überwachen. Karl Rose hat Sie auf mich angesetzt, weil er mich destabilisieren will, indem er immer mehr Lügen und

Gerüchte in die Welt setzt und meine eigenen Mitarbeiter gegen mich wendet. Er will mich eliminieren, weil er weiß, daß ich äußerst schwerwiegende, vertrauliche, kompromittierende Informationen über ihn habe. Ich werde die Fakten nun auf den Tisch legen, Monsieur, denn wie die Dinge stehen, habe ich Ihnen nichts mehr zu verbergen: Karl Rose heißt oder besser gesagt hieß Karl Kraus. 1936 gründete Heinrich Himmler die Bewegung, die sich **Lebensborn** nannte und in Gebärkliniken und Heimen Kinder arischer Rasse auflas, von denen die meisten elternlos waren. Bei Kriegsende kamen viele von ihnen ums Leben, andere wurden von deutschen Familien adoptiert, unter ihnen Karl Rose. Der Mann ist also ein Lebensborn-Kind, wofür er natürlich nichts kann, aber diese Tatsache erklärt, daß er in einer Familie von Ewiggestrigen aufgewachsen ist, die den Schwarzen Orden verklären, und daß er zweifelhafte Verbindungen zu Personen pflegt, die diese Ideologie vertreten. Ich verfüge über konkrete Unterlagen, die bestätigen, daß Rose Spenden an eine Scheinfirma überwiesen hat, deren Aufgabe darin besteht, diese Beträge an eine rechtsextreme Splittergruppe weiterzuleiten, eine Gruppe, die eine paramilitärische Miliz unterhält. Alle diese Dokumente sind in meinem Besitz, Monsieur, denn auch ich habe meine Informanten. Und es ist mir nicht schwergefallen, diese Zusammenhänge nachzuprüfen. Er lächelte verkrampft, es war fast eine Fratze. Verstehen Sie, sagte er eindringlich, verstehen Sie jetzt? Und im endlosen Schweigen, das darauf folgte, in diesem langen, hypnotisierenden Austausch von Blicken, hörte ich das dumpfe Murmeln seiner Stimme, in dem ich das Wort Todesengel zu unterscheiden glaubte. Mit einer ärgerlichen Geste rief er sich zur Ordnung, drehte seinen Bürosessel zum Fenster und verabschiedete mich mit den Worten: Nun, Monsieur, tun Sie, was Sie wollen, ich habe Ihnen gesagt, was ich Ihnen zu sagen hatte.

Es war kurz vor Weihnachten. Ich nahm eine Grippe zum Vorwand, um mich zwei Wochen nicht im Büro sehen zu lassen. Während der ganzen Zeit gab mir Karl Rose kein einziges Zeichen. Den Bericht über Just hatte er für das Jahresende verlangt. Ich konnte keine Zeile schreiben. Hätte ich auch nur eine einfache Überlastungskrise an Just diagnostiziert, ich hätte Rose damit eine gefährliche Waffe in die Hand gegeben, und ich hatte keine Lust, einem Herrn zu dienen, dessen Absichten mir immer unklarer erschienen. Obwohl mir nicht entgangen war, daß Mathias Just dabei war, verrückt zu werden, weil sein Abwehrsystem langsam, aber sicher zusammenbrach, und obwohl ich annahm, daß seine Behauptungen über Karl Rose Ausgeburten eines Deliriums waren, hatte ich doch immer mehr das Gefühl, in einem morbiden Spiel gefangen zu sein, dessen Regeln ich nicht kannte. Ich wurde den Gedanken nicht los, daß es einen wahren Kern gab, aus dem sich die wahnhafte Überzeugung Justs entwickelt hatte. Die Lähmung war ansteckend, ich schaffte es nicht einmal mehr, eines der üblichen Auswahlgutachten fertigzustellen. Es war das erste Mal, daß ich eine Hemmung und sogar Ekel vor meiner Arbeit empfand, es war wie der Ausbruch einer tiefen Skepsis, die ich mir bisher nicht hatte eingestehen wollen. Die Weihnachtszeit war trostloser als je zuvor. Leuchtgirlanden überfluteten die Straßen, aus den Lautsprechern drang in Endlosschleifen süßliche Orchestermusik, die Leute stürzten sich auf der Suche nach unnützen Dingen in die Kaufhäuser, es herrschte eine künstliche Feststimmung, die nicht mehr aufhören wollte. In diesen Tagen erhielt ich stumme Telephonanrufe, ich hörte Atemgeräusche, ehe ein mattes Klicken die Verbindung unterbrach. Jemand versuchte mich zu erreichen und konnte nicht sprechen. Ich weiß nicht, warum ich überzeugt war, daß diese Person eine Frau war. Ich sah meine Vermutung bestätigt, als ich am anderen Ende der Leitung schließlich die dünne Stimme Lynn Sandersons hörte. Sie wollte sich mit mir treffen, aber wenige Stunden später sagte sie den vereinbarten Termin ab. Ich beschloß, mir keine Gedanken über ihre Meinungsänderung zu machen und auch die vagen Andeutungen, die mir nicht entgangen waren, auf sich beruhen zu lassen. Ich zog es vor, abzuwarten und den ohnehin unvermeidlichen Lauf der Dinge aus größtmöglicher Entfernung zu verfolgen.

Der Unfall Mathias Justs ereignete sich am 21. Dezember, das heißt am Tag nach unserem dritten Treffen. Ich erfuhr davon durch einen Brief, den mir Lucy Just zwei Wochen nach dem Ereignis schickte. Sie schrieb: »*Ich nehme das Risiko auf mich, Ihnen zu schreiben, da Sie der einzige Mensch sind, mit dem ich über die Schwierigkeiten meines Mannes gesprochen habe. In unserem Unglück hat dieser schreckliche Unfall wenigstens den Vorteil, daß er Mathias zwingt, sich medizinisch betreuen zu lassen. Er befindet sich derzeit im Krankenhaus von R. Nach zwei sehr schmerzhaften Wochen ist er nun, wie ich glaube, auf dem Wege der Besserung. Gestern glaubte ich zu verstehen, daß er Sie zu sehen wünscht. Ich mache mich hier zu seinem Sprachrohr, auch wenn er mir nur wenige und vielleicht widersprüchliche Zeichen gegeben hat. Besuchszeit ist am Abend. Ich gehe jeden Tag um fünfzehn Uhr aus dem Haus, um in die Klinik zu fahren. Seien Sie bitte so freundlich, diesen Brief niemandem gegenüber auch nur zu erwähnen. Gott möge Ihnen helfen, Mathias zu verstehen. Lucy Just.«*

Im Krankenhaus von R. war Mathias Just in der Abteilung für Psychopathologie untergebracht. Lucy erwartete mich vor der Tür seines Zimmers. Sie sagte mir gleich vorweg: Es ist ihm noch nie so schlecht gegangen, ich hätte Sie nicht kommen lassen sollen. Eine kleine Wandleuchte verbreitete im Zimmer ein gelbliches Licht. Just lag ausgestreckt auf dem Bett, die Augen geschlossen, die Arme seitlich am Körper. Lucy beugte sich zu seinem Ohr, um ihm zu sagen, daß ich da sei. Er reagierte nicht. Sein kurzer Atem verriet, daß er nicht schlief, mehr noch, daß er auf das leiseste

Geräusch horchte und sich hinter jener Mauer der Reglosigkeit verschanzte, die man Katatonie nennt. Ich stammelte ein paar Worte, er öffnete die Lippen und sagte ins Schweigen hinein: Schmutz, Schmutz. Ich legte meine Hand auf die Bettkante und spürte, daß er die seine meinem Arm näherte, er drückte plötzlich so fest zu, daß mein ganzes Denken von dieser mächtigen, schweren, fast schmerzhaften Zange gefangen war. Es war ein Augenblick erzwungener Nähe zu diesem Mann, dessen Angst vor körperlicher Berührung mir bekannt war. Ich war unfähig, mich zu rühren, musterte sein knochiges Profil, sah das langsame Tropfen der Infusion und auf dem Nachttischchen einen kleinen Notizblock mit ein paar Wörtern, hingeworfen von ungeschickter Hand. Erst nach einer Weile lockerte sich sein Zangengriff, es kam mir vor, als sei er eingeschlafen. Lucy begleitete mich bis zur Eingangshalle des Krankenhauses. Dort erzählte sie mir, wie der Unfall wirklich abgelaufen war. Es war an einem Dienstag gewesen, er hatte gewartet, bis sie zu ihrer Chorprobe gegangen war, dann hatte er seinen Wagen in die Garage gefahren. Dort hatte er systematisch alle Luftschlitze mit einem breiten Klebeband abgedichtet, ehe er Schlaftabletten nahm, den Motor startete und bei geöffneten Fenstern auf dem Beifahrersitz einschlief. Daß er noch lebte, verdankte er einer Ahnung, die Lucy mitten in der Probe ergriffen hatte. Detailbesessen zählte sie mir alle Anstrengungen auf, die sie hatte unternehmen müssen, um sich durch den erstickenden Nebel einen Weg bis zum Wagen zu bahnen, den Motor abzustellen, den Körper ihres Gatten bis zum Treppenaufgang der Waschküche zu schleifen, den Öffnungsmechanismus der Garagentür zu betätigen. Seit er aufgewacht ist, sagte sie, gibt er schreckliche Sätze von sich. Sie zählte auf: Verneinungen, schwarze, verzweifelte Visionen, die Idee, daß alle Kinder der Welt eines nach dem anderen sterben würden, daß es so etwas wie eine Verdammnis gebe, die für immer auf dem Menschengeschlecht laste. Lucy sprach diese Worte wie gegen einen Widerstand aus, als wären sie verboten, Blasphemie. Ich wollte wissen, ob ihr Mann nach dem Tod des kleinen Alois ähnliche Symptome gezeigt hatte. Sie schwieg lange, ehe sie von etwas ganz anderem sprach. Später begriff ich, wie treffend ihre nur scheinbar deplazierte Antwort war. Sie sprach von seinem Vater, Theodor Just, einem vom

Krieg geprägten Kaufmann und brutalen, unbeugsamen Menschen, der nur ein Wort, Arbeit, kannte und seinen einzigen Sohn maßlos bestrafte, wenn er irgendeine Aufgabe nicht vollkommen zufriedenstellend ausgeführt hatte. Zum Beispiel schlug er ihn mit einer Lederpeitsche bis aufs Blut oder sperrte ihn einen ganzen Tag in einen Kellerraum ohne Licht. Als ich mich von ihr verabschieden wollte, bat mich Lucy, noch eine Weile zu bleiben. Wir machten schweigend ein paar Runden auf dem Gang, der einen Innenhof umgab. Lassen Sie uns nicht allein, flehte sie, ehe sie mich verließ, ich weiß, wie sehr er Sie braucht. Es schüttete in Strömen an diesem Abend. Als ich im prasselnden Regen nach Hause fuhr, hatte ich das deutliche Gefühl, in die Nacht eines Menschen eingetreten zu sein, oder schlimmer: ich spürte, daß seine Nacht an die meine grenzte und daß seine mich umschließende Hand eine Komplizenschaft besiegelte, eine geteilte Schuld und die Wollust dieses Teilens, etwas Dunkles, Undeutliches, das ich seltsamerweise mit dem verband, was er als menschlichen Faktor bezeichnet hatte. Diese Assoziation kehrte in der Nacht wieder, die Schlaflosigkeit nahm kein Ende, die roten Ziffern der

Digitaluhr skandierten mein angespanntes Warten, immer wieder zogen dieselben, schwächer werdenden Bilder vorbei, bis die Blässe des Morgengrauens meinen kraftlosen, schlafstarren Körper umfing.

Karl Rose schrieb mir ein paar ausgesprochen heuchlerische Sätze, um die Verbindung mit mir wieder aufzunehmen: »*Der Unfall von Herrn Just hat mich sehr erschüttert. Die wenigen Nachrichten, die mir seine Gattin zukommen läßt, sind zum Glück ermutigend. Ich wäre froh, wenn wir unsere Gespräche fortsetzen könnten, auch wenn dieses Ereignis die Ausgangsbedingungen ein wenig verändert haben dürfte.*« Wir trafen uns zwei Tage später. Mir wurde bald klar, daß Rose die wahre Natur des Unfalls nicht kannte und daß er unbedingt mehr darüber erfahren wollte. Ich tat, als wüßte ich von nichts. Das fiel ihm wahrscheinlich auf. Er wählte eine andere Angriffslinie: Wie war der klinische Eindruck, den ich von Mathias Just bekommen hatte? Ich lavierte, log, verschwieg ihm meinen Krankenbesuch, er trieb mich in die Enge, wollte wissen, was ich mit dieser nachhaltigen Müdigkeit, dieser persönlichen Krise, »wie wir sie alle einmal durchmachen«, denn eigentlich meine. Er bemerkte, wie ich mich korrigierte und mir widersprach, wie ich abschwächte, meine früheren Positionen zurücknahm und vorgab, nichts oder fast nichts zu wissen, um schließlich einzugestehen, daß mich der Auftrag, den er mir erteilt hatte, in ein tiefes Unbehagen gestürzt hatte. Dieses Geständnis rief neue Fragen hervor. Rose konnte sich vor Neugier kaum beherrschen, seine Sinne waren hellwach, er lauerte auf Schwachstellen und war bereit, jeden Augenblick loszuschnellen. Einen Moment lang glaubte ich zu sehen, wie sich in riesigen Lettern das Wort **Lebensborn** abzeichnete, und es kam mir so vor, als nähme ich ihn mit den Augen Justs wahr: Karl Kraus, Kind des Schwarzen Ordens, Niemandskind, Kind einer anderen Spezies von Kindern, alle perfekt und einander ähnlich, Kind ohne Kindheit, ohne Herz, Seele und Vorfahren, Kind der neuen und reinen Technik-Generation. Schließlich trat er den Rückzug an. Ich verstehe Ihr Unbehagen nicht, sagte er, jedenfalls erklären Sie es mir nicht. Sie behaupten, eine persönliche Krise sei ein notwendiger Abschnitt in jedem Menschenleben, aber das ist ein Gemeinplatz, mit dem Sie alles vernebeln, oder sie versuchen absichtlich, von unserem Thema abzulenken. Und er schloß in herablassendem Ton:

Ich glaube, es war falsch, mich an Sie zu wenden, Monsieur, ich habe den Erkenntnisstand in ihrem Beruf überschätzt. Das Gespräch wurde mit einem Schweigen und einem eisigen Händedruck beendet. Ich kehrte in mein Büro zurück, aber es gelang mir nicht, mich auf meine Arbeit zu konzentrieren. Ich schützte eine Migräne vor, um nach Hause zu gehen.

Es war der 10. Januar, Lynn Sanderson rief mich am Abend an. Sie wollte mich dringend sehen, fragte sich aber, an welchem Ort, wenn möglich nicht in der Öffentlichkeit. Wir trafen uns in ihrer Wohnung, einem geräumigen, hellen Penthouse mit gediegener Einrichtung: pastellfarbene Wände, Bilder, die Treibjagden und italienische Landschaften zeigten, Vorhänge mit Blumenmuster. Sie gab sich so, wie sie wirklich war, eine gehetzte Frau, von Gewissensbissen geplagt, ein Mensch, dessen äußere Eleganz an allen Ecken und Enden brüchig wurde. Seit mehr als einem Jahr, vertraute sie mir an, werde sie unter Druck gesetzt und erpreßt, was sie schließlich dazu bewogen habe, ihren Direktor zu verraten, aus Angst vor Repressalien der Deutschen (so nannte sie die Lobby Karl Roses), aber auch wegen des alarmierenden Gesundheitszustands, in dem sich Mathias Just befand. Fast übergangslos gestand sie mir, daß sie die Freundin ihres Chefs gewesen sei, vor allem zur Zeit des Quartetts. Die Verbindung sei danach loser geworden, schuld daran sei das gewaltsame, unberechenbare Verhalten Mathias Justs gewesen. Daß sie diesen Mann geliebt hatte und immer noch liebte, verrieten das verschleierte Timbre ihrer Stimme und die behutsame Art, in der sie von ihm sprach. Doch nun war der Moment gekommen, da sie mir alles gestehen, alles sagen mußte, sie füllte ihr Glas noch einmal, und der Alkohol befreite sie von einem viel zu lange gehüteten Geheimnis. Selbst intime, fast schamlose Details ihrer Beziehung breitete sie vor mir aus. Nach den Proben des Quartetts fuhr er sie nach Hause, er übergab ihr »poetische« Briefe, er war ein unruhiger Liebhaber, besitzergreifend und besessen von der Angst, man könne sie überraschen. Das Übel begann ihrer Darstellung nach vor etwa zwei Jahren, aber es hatte wohl schon viel länger geschwelt. Dieser harte, fordernde, unbeugsame Mann erwies sich, wenn man ihn näher kannte, als zutiefst verletzlich, er war ein Kind geblieben unter dem scheinbar makellosen sozialen Panzer. Mehrmals hatte sie ihn hemmungslos schluchzen sehen, ohne daß er ihr einen Grund für diese plötzlichen Ausbrüche hätte nennen können. Es war dieses untröstliche Kind, dem sie sich verbunden fühlte, trotz der brutalen Zurückweisungen und langen Phasen des Schweigens, trotz der Unbehaglichkeit einer Liebesbeziehung, die aus seltenen Augenblicken der Zweisamkeit vor einem Hintergrund aus Schmerz und Unverständnis bestand. Am Ende des Abends erzählte sie mir eine der Kindheitserinnerungen Mathias Justs. Ich gebe sie in allen Einzelheiten wieder, da sie nicht nur der Erzählerin, sondern auch mir selbst den Kern des Leidens dieses Mannes zu berühren schien. Man glaubt ja doch immer wieder an jene Art von Kausalität, die ein einzelnes Ereignis zum Ursprung aller weiteren Geschehnisse macht. Theodor, Mathias' Vater, hatte während des Krieges in einem Polizeibataillon gedient, das in Polen oder Weißrußland mit der SS zusammenarbeitete, um sogenannte Besatzungsaufgaben zu erledigen. Diese Aufgaben waren nicht ausschließlich administrativer Natur, denn es ging darum, in einem Gebiet mit starkem jüdischem Bevölkerungsanteil ein ganzes *Umsiedlungsprogramm* durchzuführen. Mathias hat nie erfahren, worin die Tätigkeit seines Vaters bestand, aber er war Zeuge eines bestimmten Ereignisses geworden. Eines Sonntags zu Beginn der fünfziger Jahre erkennt ein Mann seinen Vater in einem Museumssaal wieder. Dieser Mann hinkt, und er hat flackernde Augen. Er nähert sich Theodor Just und spricht mit ihm. Mathias' Vater gibt vor, nicht zu verstehen, aber das Kind erinnert sich später genau an die Sätze: »Ich habe Sie im Oktober 42 in Miedzyrzec gesehen«, sagt der Mann, »Frauen und Kinder lagen an der Friedhofsmauer.« Ohne das weitere abzuwarten, zieht Theodor Just seinen Sohn am Arm und stürzt mit ihm aus dem Museum. Zu Hause läuft er wie ein Verrückter im Kreis, schließt sich in seinem Zimmer ein. Am nächsten Tag steht der Mann am Ausgang der Schule, er nähert sich Mathias und gibt ihm einen Zettel für seinen Vater. Auf dem Zettel stehen nur ein Ortsname und Zahlen: »*Miedzyrzec 88-13*«. Der Vater erbleicht, als er den Zettel sieht, er packt den Sohn am Kragen und erwürgt ihn beinahe. Später stößt er vor der Tür des Kellerraums, in den er Mathias gesperrt hat, Todesdrohungen aus. An einem anderen Tag tritt er ins Badezimmer und hält ihm den Kopf unter das Wasser, du hättest nicht leben dürfen, brüllt er, andere hätten leben sollen, du nicht. Lange Zeit tanzt das Bild des Vaters vor der Mauer des Friedhofs von Miedzyrzec, und das Kind fragt sich, was die Körper dort mit dem Gesicht zur Erde gemacht haben und was die Zahlen bedeuten. Er sucht den Ort auf der Landkarte und erfindet eine Geschichte, er stellt sich vor, daß achtundachtzig die Zahl der Frauen war, dreizehn die Zahl der Kinder. Oder dreizehn die Zahl der toten Kinder, von insgesamt achtundachtzig. Er denkt, daß er wirklich niemals hätte leben dürfen, während diese Kinder dort im Schatten seines Vaters liegen, der mit denselben weiten Schritten über sie hinwegsteigt, mit denen er über die Felder geht oder in seinem Zimmer auf und ab läuft wie ein Löwe im Käfig. Das ist Mathias' Geheimnis, schloß Lynn Sanderson traurig. Und sie stand auf, um einen Gegenstand aus der Kommode zu nehmen, der in ein seidenes Tuch geschlagen war, und ihn vorsichtig auf den niedrigen Tisch zu legen. Mit dieser beinahe zeremoniellen Handhabung des Gegenstands, offenbar eines Revolvers, trat plötzlich eine Stille zwischen uns ein. Statt jedoch zu überlegen, was Lynn mir damit zeigte, nämlich die Tatsache, daß er sie bevollmächtigt hatte, ihn am Selbstmord zu hindern, hörte ich die Stimme Lucy Justs wieder, die sich Sorgen machte, weil sie die Waffe nicht in der Schublade gefunden hatte. Ich verstand, daß er sein Leben, wenn er den Revolver nicht Lucy, sondern Lynn anvertraute, lieber in die Hände der Geliebten als in die seiner Ehefrau legen wollte. Plötzlich entdeckte ich die Ähnlichkeit zwischen den beiden Frauen, dasselbe unruhige Mitleid in ihren Augen, dieselbe mütterliche Anhänglichkeit. Und zweifellos glichen sie einander auch körperlich, in ihrer Zerbrechlichkeit und Grazilität, in der Feinheit ihrer Gesichtszüge, zwei weibliche, empfindsame Wesen, zu denen ihn seine Liebe geführt hatte. Ich rührte den Revolver nicht an (eine Luger, in deren Kolben in gotischen Buchstaben der Slogan **Blut und Ehre** graviert war), ich weigerte mich, ihn zu berühren, auch wenn Lynn zweimal den Wunsch äußerte, ich möge sie von dem morbiden Band, das er für sie darstellte, befreien. Bevor ich sie verließ, riet ich ihr, die Waffe wegzuwerfen, egal wohin, in einen Gully oder eine Mülltonne. Ich wünschte nichts sehnlicher, als mich von dieser ganzen Geschichte loszumachen und sie als eine Affäre zu betrachten, die vergessen und vergeben war (aber warum vergeben, dieses Wort?), beendet und begraben, ein für alle Mal.

Ich nahm meine Arbeit bei der SC Farb wieder auf. Mathias Just wurde in ein Sanatorium überwiesen, das dreißig Kilometer von der Stadt entfernt lag. Gutachten, Seminare, die übliche Arbeit. Lucy Just schickte mir zwei Briefe, die ich nicht beantwortete. Personalgutachten am Vormittag, Interviews, psychometrische Tests, Workshops an bestimmten Nachmittagen, acht bis fünfzehn junge Mitarbeiter, hauptsächlich aus dem Verkaufsbereich. »*Mathias löst sich langsam aus seinem Schweigen*«, schrieb Lucy Just, »*er hat auch von Ihnen gesprochen.*« Manchmal gab ich den Teilnehmern eine Klausurarbeit und verließ das Sitzungszimmer, um eine Zigarette zu rauchen und durchs Fenster zu schauen, der tiefhängende Winterhimmel war grau und regenschwer, ich kam mir wie ein alter Lehrer vor, der lustlos Begriffe wie Motivation, Affirmationsfähigkeit oder Selektionskompetenz wiederkäute und Rollenspiele vorschlug, die immer dieselben Kommentare hervorriefen und die Augen mancher Teilnehmer gläubig aufleuchten ließen. »*Mathias spricht immer offener*«, wiederholte Lucy Just, »*gestern haben wir einen lan-*

gen Spaziergang durch den Park gemacht.« Ich ging Karl Rose aus dem Weg, und Karl Rose ging mir aus dem Weg. Wenn er sich zufällig in meinen Block wagte, grüßten wir einander kurz, ohne daß unsere Blicke sich kreuzten. Die Tür von Mathias Just blieb hartnäckig verschlossen. Ich erfuhr, daß Lynn Sanderson seit drei Wochen krankgeschrieben war. »*Verlassen Sie meinen Mann nicht*«, flehte Lucy, »*ich weiß, daß Sie für ihn sehr wichtig sind.*«

Mitte Februar rief er mich an. Am Telephon erkannte ich seine Stimme nicht gleich. Sie wirkte langsam, eintönig, etwas metallisch, auch wenn er mir sagte, daß es ihm besser gehe und ihm manche Dinge klar geworden seien, über die er mit mir sprechen wolle, wenn möglich ohne Lucys Dabeisein. Dieser Bitte konnte ich mich nicht entziehen. Ich besuchte ihn am darauffolgenden Samstag im Sanatorium. Es war ein herrlicher Wintertag, der Himmel sehr blau, die Kälte belebend. Die Pavillons lagen verstreut in einem weitläufigen Park, der um ein Landhaus aus dem 19. Jahrhundert herum angelegt war. Ich wurde in den dritten Stock des alten Gebäudes geführt, das man als Schloß bezeichnete. Die Tür war angelehnt. Das

Gesicht hinter der dunklen Brille verborgen, saß er in einem Lehnstuhl vor dem Fernseher, der bei abgedrehtem Ton lief. Er richtete sich unmerklich auf, um mich zu grüßen, und bat dann die Krankenschwester, die Tür zu schließen und uns allein zu lassen. Beim Sprechen schaltete er immer wieder lange Pausen ein, die nichts anderes zu bedeuten schienen als die Zeit, die seine Gedanken brauchten, um sich zu sammeln. Ich bin froh, daß Sie hier sind, sagte er, ich konnte Lucy diese Aufgabe nicht anvertrauen, außer Ihnen weiß ich niemanden, der sie übernehmen könnte. Die Aufgabe, von der er sprach, bestand darin, den Safe in seinem Privatbüro zu leeren. Zu diesem Zweck hatte er auf dem Nachttischchen einen kleinen Schlüssel und ein Kuvert mit einem vierstelligen Zahlencode bereitgelegt. Auf meine Frage, ob ich ihm die Wertgegenstände aus dem Safe bringen solle, antwortete er beinahe verärgert: Das sind keine Wertgegenstände, es ist wertlos, Unsinn, tun Sie damit, was Sie wollen. Er gab mir keine weiteren Erklärungen, sagte nur, daß er auf diese Weise reinen Tisch machen wolle mit einer »widerlichen und abscheulichen« Vergangenheit, das sind die Worte, die er gebrauchte. Er nahm kurz seine

Brille ab, und ich sah die dunklen Ringe um die etwas hervorstehenden Augen (eine Folge der neuroleptischen Medikamente). Wie er da saß in seinem alten grauen Wollanzug, ohne Krawatte, mit zugeknöpftem Kragen, das Gesicht in einer stumpfen Anspannung erstarrt, hatte ich den Schatten meines alten Direktors vor mir, einen Überlebenden, einen Wiedergänger, einen Kranken. Es schien ihm wichtig zu sein, daß ich mich möglichst rasch auf den Weg machte. Er beschwor mich noch einmal, den Schlüssel und den Code nicht zu verlieren, und sagte etwas wie: »Sie werden sehen, Monsieur, Sie werden sehen, wie weit die Bosheit der Menschen gehen kann.«

Ich mußte Lucy nichts erklären. Sie wußte Bescheid. Sie akzeptierte, daß er sie von bestimmten Dingen fernhielt, und vermutlich hatte sie auch seine Beziehung zu Lynn Sanderson gutgeheißen. Sie stellte mir nur ein paar Fragen (Welchen Eindruck hatte er mir gemacht? Hatte er sich über meinen Besuch gefreut?), dann öffnete sie mir die Tür seines Büros und ließ mich allein. Das große Zimmer mit dem hellen Spannteppich war fast leer, bis auf zwei Ledersessel, einen großen Schreibtisch und ein Notenpult, beides aus geschnitztem Eichenholz, sowie eine Spieldose aus dem 18. Jahrhundert, auf der fünf kleine Figuren, Musiker und Tänzer, ein Miniaturcembalo umgaben, fünf bleiche, erstarrte Automaten, jederzeit bereit, sich in Bewegung zu setzen, sobald der Mechanismus betätigt wurde. Trotz der hohen Fenster, die auf den See hinaus gingen, hatte ich, vielleicht bedingt durch einen feinen Modergeruch, das Gefühl, eine geheime Kammer zu betreten oder das Zimmer eines Toten zu entweihen. Der Safe war in die Wand eingelassen, die gepanzerte Tür mit Zierleisten aus Eichenholz verkleidet. Er enthielt weiter nichts als eine Mappe mit fünf Briefen. Ich steckte die Briefe in meine Tasche, übergab Lucy die Schlüssel und ging eilig davon.

An dieser Stelle nimmt der Bericht eine entscheidende Wendung. Mich packt das Entsetzen (jenes lateinische Wort *pavor*), wenn ich die fünf Briefe beschreiben soll, die er in seinem Safe aufbewahrt und nicht zu zerstören gewagt hatte. Ich glaubte das Geheimnis Mathias Justs gelüftet zu haben, aber ich hatte nur den sichtbaren Teil wahrgenommen, der ihn als Einzelperson betraf, jenen Teil, der durch seine schmerzlichen Erinnerungen erklärbar war und durch eine Diagnose, wie ich sie aus Büchern oder von der Universität kannte, benannt, isoliert und eingegrenzt werden konnte, so daß er, Just, nur als Spielball seiner eigenen Geschichte erschien. Einer Geschichte, die mich nicht berühren oder verletzen konnte, weil mich die Distanz des teilnahmslosen Beobachters schützte. Außer Ihnen, hatte er gesagt, weiß ich niemanden, der diese Aufgabe übernehmen könnte. Ich hätte mit Sicherheit abgelehnt, wäre da nicht jene wilde Neugier gewesen, die mich trieb, ein hartnäckiger Wunsch, nachzuprüfen, ob der Safe tatsächlich jene Dokumente enthielt, die Karl Rose kompromittierten, und sie in meinen Besitz zu bringen, um auf diese Weise einen Status der Unangreifbarkeit zu erlangen, denn irgend etwas in mir wollte immer noch an die Fährte Lebensborn glauben, die allzu seltsam und spezifisch schien, um nur die Ausgeburt eines Deliriums zu sein.

Die fünf Briefe waren anonym und im Abstand von zwei Monaten, gewöhnlich am 15. Oder 16. des Monats, in der Stadt N. aufgegeben worden. Der erste war über ein Jahr alt. Er enthielt das Faksimile eines mehrseitigen geheimen Schreibens vom 5. Juni 1942, das den Stempel **Geheime Reichssache!** trug und gewisse technische Änderungen an den Speziallastwagen betraf, die in Chelmno (Kulmhof) verwendet wurden. Dieses Dokument ist den Historikern des Holocaust bekannt. *Seit Dezember 1941*, stand da zu lesen, *wurden beispielsweise mit drei eingesetzten Wagen 97000* ***verarbeitet****, ohne daß Mängel an den Fahrzeugen auftraten. Die bekannte Explosion in Kulmhof ist als Einzelfall zu bewerten. Ihre Ursache ist auf einen Bedienungsfehler zurückzuführen. Zur Vermeidung von derartigen Unfällen ergingen an die betroffenen Dienststellen besondere Anweisungen. Die* ***Anweisungen*** *wurden so gehalten, daß der Sicherheitsgrad erheblich heraufgesetzt wurde.* Es folgten sieben Absätze, welche die an den Fahrzeugen vorzunehmenden technischen Änderungen im Detail beschrieben. Ich gebe sie hier wieder:

> 1. *Um ein schnelles Einströmen des CO unter Vermeidung von Überdrucken zu ermöglichen, sind an der oberen Rückwand zwei offene Schlitze von 10 x 1 cm lichter Weite anzubringen. Dieselben sind außen mit leicht beweglichen Scharnierblechkappen zu versehen, damit ein Ausgleich des eventuell eintretenden Überdruckes selbsttätig erfolgt.*
> 2. *Die Beschickung der Wagen beträgt normalerweise 9-10 pro m^2. Bei den großräumigen Saurer-Spezialwagen ist*

eine Ausnutzung in dieser Form nicht möglich, weil dadurch zwar keine Überlastung eintritt, jedoch die Geländegängigkeit sehr herabgemindert wird. Eine Verkleinerung der Ladefläche erscheint notwendig. Sie wird erreicht durch Verkürzung des Aufbaues um ca. 1 m. Vorstehende Schwierigkeit ist nicht, wie bisher, dadurch abzustellen, daß man die **Stückzahl** *bei der Beschickung vermindert. Bei einer Verminderung der Stückzahl wird nämlich eine längere Betriebsdauer notwendig, weil die freien Räume auch mit CO angefüllt werden müssen. Dagegen reicht bei einer verkleinerten Ladefläche und vollständig ausgefülltem Laderaum eine erheblich kürzere Betriebsdauer aus, weil freie Räume fehlen. In einer Besprechung mit der Herstellerfirma wurde von dieser Seite darauf hingewiesen, daß eine Verkürzung des Kastenaufbaues eine ungünstige Gewichtsverlagerung nach sich zieht. Es wurde betont, daß eine Überlastung der Vorderseite eintritt. Tatsächlich findet aber ungewollt ein Ausgleich in der Gewichtsverteilung dadurch statt, daß das* **Ladegut** *beim Betrieb in dem Streben nach der hinteren Tür immer vorwiegend dort liegt. Hierdurch tritt eine zusätzliche Belastung der Vorderachse nicht ein.*

3. *Die Verbindungsschläuche zwischen Auspuff und Wagen rosten des öfteren durch, da sie im Innern durch an-*

fallende Flüssigkeiten zerfressen werden. Um dieses zu vermeiden, ist der Einfüllstutzen nunmehr so zu verlegen, daß eine Einführung von oben nach unten erfolgt.

4. *Um eine handliche Säuberung des Fahrzeuges vornehmen zu können, ist der Boden in der Mitte mit einer dicht verschließbaren Abflußöffnung zu versehen. Der Abflußdeckel mit etwa 200 bis 300 mm ø erhält einen Syphonkrümmer, so daß dünne Flüssigkeit auch während des Betriebes ablaufen kann. Zur Vermeidung von Verstopfungen ist der Krümmer oben mit einem Sieb zu versehen.* ***Dicker Schmutz*** *kann bei der Reinigung des Wagens durch die große Abflußöffnung fortgespült werden. Der Boden des Fahrzeuges ist zur Abflußöffnung leicht zu neigen.*

5. *Die bisher angebrachten Beobachtungsfenster können entfallen, da sie praktisch nie benutzt werden. Bei der Fertigung weiterer Fahrzeuge wird durch den Fortfall der Fenster mit Bezug auf die schwierige Anbringung und dichte Abschließung derselben erhebliche Arbeitszeit eingespart.*

6. *Die Beleuchtungskörper sind stärker als bisher gegen Zerstörungen zu sichern. Das Eisengitterwerk ist so hoch gewölbt über den Lampen anzubringen, daß eine Beschädigung der Lampenfenster nicht mehr möglich ist. Aus der Praxis wurde vorgeschlagen, die Lampen entfallen zu las-*

sen, da sie angeblich nie gebraucht werden. Es wurde aber in Erfahrung gebracht, daß beim Schließen der hinteren Tür und somit bei eintretender Dunkelheit immer ein starkes Drängen der Ladung nach der Tür erfolgte. Dieses ist darauf zurückzuführen, daß die **Ladung** *bei eintretender Dunkelheit sich nach dem Licht drängt. Es erschwert das Einklinken der Tür. Ferner wurde festgestellt, daß der auftretende* **Lärm** *wohl mit Bezug auf die Unheimlichkeit des Dunkels immer dann einsetzt, wenn sich die Türen schließen. Es ist deshalb zweckmäßig, daß die Beleuchtung vor und während der ersten Minuten des Betriebes eingeschaltet wird. Auch ist die Beleuchtung bei Nachtbetrieb und beim Reinigen des Wageninnern von Vorteil.*

7. Um eine schnelle und leichte Entladung des Fahrzeuges zu erreichen, ist ein ausfahrbarer Rost anzubringen. Er ist auf kleinen Rädern in U-Eisen-Schienen zu führen. Das Aus- und Einfahren hat mit einer unter dem Wagen angebrachten Drahtseilzugwinde zu geschehen. Die mit der Anbringung beauftragte Firma hält diese Ausführungsart wegen Kräfte- und Materialmangel z. Zt. für undurchführbar. Die Ausführung ist bei einer anderen Firma anzuregen.

Im letzten Absatz wurde empfohlen, die technischen Änderungen nur dann durchzuführen, wenn Reparaturen anstanden. Hinzu kamen zehn Fahrzeuge der Marke Saurer, die erst bestellt worden waren. Da die Vertreter der beauftragten Firma bei einer Arbeitsbesprechung erklärt hatten, daß diese strukturellen Veränderungen ihrer Meinung nach nicht möglich seien, schlug der Text vor, sich an eine Firma in Hohenmauth zu wenden, um zumindest eines der zehn Fahrzeuge mit den von der Praxis nahegelegten Neuerungen auszustatten.

Schließlich war das geheime Schreiben dem Obersturmbannführer SS Walter Rauff zur Prüfung und Entscheidung vorgelegt worden. Es war handschriftlich unterzeichnet:

I.A. (im Auftrag)

Just

Der zweite anonyme Brief enthielt dasselbe Dokument, aber die gedrängten, sehr dunklen Buchstaben waren knapp über einen anderen, blasseren Text gedruckt, der von einem Seitenrand bis zum anderen lief und dessen Buchstaben wie durch ein Spiegelungsverfahren umgekehrt waren. Dieser zweite, durchscheinende Text war eine ziemlich konfuse Mischung aus technischen Schriftstücken neueren Datums, wie sie regelmäßig zwischen den Abteilungen der SC Farb ausgetauscht wurden: Bemerkungen zu einem neuen Produkt, Auszüge aus Mitteilungen der Produktions- oder der Personalabteilung, Rundschreiben der Generaldirektion. Diese Fragmente, die zu kurz waren, als daß ich sie hätte identifizieren können, waren ohne jede erkennbare Ordnung aneinandergefügt. Ich erkannte nicht den leisesten Sinn in diesem Infratext, allenfalls mochte er als graphischer Hintergrund dienen, von dem sich die fetten Buchstaben des technischen Schreibens vom 5. Juni 1942 abhoben. Unter den Namenszug dieses Just hatte der Absender folgenden Aphorismus geschrieben:

Ein Original, dessen Nachahmer besser sind, ist keines.

Karl Kraus

Im dritten anonymen Brief bedienten sich beide Texte derselben Typographie, das ursprüngliche Dokument war von den Wörtern angesteckt, die im vorhergehenden Brief auf dem Kopf stehend im Hintergrund erschienen waren. An einigen Stellen war ein Wort durch ein anderes ersetzt, an anderen zeigten sich plötzlich längere Textabschnitte mit dem aktuellen technologischen Vokabular, das Ganze bildete ein kompaktes Wortgewebe, dessen geisterhafte Machart seltsame, eher unpassende Assoziationen hervorrief. Erschrekkend daran war weniger das Gefühl des Nichtverstehens als der Anschein ausgetüftelter Zerstörung, den diese Collage bot. Es war, als hätte ein Virus oder ein genetischer Defekt die beiden Texte erfaßt, ohne eigentliche Strategie, nur um ein sinnloses, aber grammatikalisch korrektes Endprodukt zu erzeugen. Es war, als hätte der anonyme Absender dem Zufall freien Lauf gelassen, und diese scheinbare Absichtslosigkeit bewirkte beim Lesen ein nachhaltiges Unbehagen. Als ich die eingeschobenen Passagen später für mich systematisch abschrieb, konnte ich nur zu einem Schluß kommen: Sie gehörten einer technologischen Sprache an, aber nicht so sehr dem Bereich des konkreten Engineerings (was der ursprüngliche Text vermuten ließ), als vielmehr einer gewissen Soziologie des Befehlens, einer Sprache, die eher in den Personalabteilungen und

Direktionen als in den Werkstätten und Fertigungshallen verwendet wird. Einzige erkennbare Intention des Absenders: der Namenszug, ***Just***, war vergrößert.

Der vierte Brief war meiner Meinung nach der zynischste. Es handelte sich diesmal um Bruchstücke des ursprünglichen Textes, der frei auseinandergenommen, zerbrochen, dekonstruiert und mit demselben typographischen Verfahren wie im zweiten Brief über eine durchscheinende Partitur gelegt war. Ich fand es besonders abscheulich, die Elemente eines solchen Textes auf Notenlinien tanzen zu lassen und sie gleichsam spielerisch auf dem Papier zu verteilen. Meine Empörung hinderte mich daran zu erkennen, was mir doch in die Augen springen mußte. Ohne daß ich es merkte, hielt ich die erste Briefsendung in der Hand, die den Absender verriet.

Der fünfte Brief enthielt dieselben Seiten des Dokuments, aber sie waren so gut wie leer, sieht man vom Briefkopf, Berlin, 5. Juni 1942, und der wiederum vergrößerten Unterschrift, *I.A.* ***Just***, ab. Dazwischen ein gelöschter Text, nur wenige Wörter tauchten da und dort in ihrer ursprünglichen Typographie auf: *Anweisungen, Sicherheit, Betriebsdauer, Reinigung, Beobachtung,*

Ladung, Lärm, Nachtbetrieb, Anbringung, Evaluierung. Auf diese fast weißen Seiten hatte der Absender mit der Hand geschrieben:

Nicht verstehen
Nicht sehen
Sich endlos vom menschlichen Schmutz reinwaschen
Eigene Wörter aussprechen
Die nicht beschmutzen
Aussiedlung
Umstrukturierung
Umsiedlung
Umstellung
Delokalisierung
Selektion
Evakuierung
Technische Entlassung
Endlösung der Frage
Die Todesmaschine arbeitet.

Nach dem ersten Schock der Lektüre begann ich, die folgenden Gewißheiten ins Auge zu fassen. Es war klar, daß die fünf Briefsendungen fünf Phasen einer ebenso perversen wie durchdachten Abfolge darstellten. Der Zweck des Ganzen beschränkte sich nicht mehr darauf, Mathias Just zu destabilisieren, das Ziel war weitreichender und betraf ohne Zweifel mich selbst, wie es auch jedes andere menschliche Wesen betraf. Der Absender schien mir im übrigen eine gebildete Person von überlegener Intelligenz zu sein. Er hatte das Risiko auf sich genommen, mit der Hand zu schreiben, was bedeutete, daß er keinerlei Gefahr darin sah, entdeckt zu werden. Ich ahnte, daß es sich nicht um Karl Rose handeln konnte. Der stellvertretende Direktor hätte das Thema niemals mit einer solchen psychischen oder »künstlerischen« Gewandtheit durchgeführt, und außerdem glichen die beiden Schriftproben, die ich nun besaß, einander nicht im geringsten. Roses Schrift war gedrängt, nervös, verzerrt, kaum leserlich, die andere weit, luftig, beinahe kalligraphisch.

Ich suchte nach dem Zitat von Karl Kraus und fand es in einer Aphorismensammlung des 1936 gestorbenen Wiener Pamphletisten. Ich hielt es danach für plausibel und sogar wahrscheinlich, daß die in französischer Aussprache gegebene Beinahe-Homonymie Karl Rose/Karl Kraus auf die kranke Psyche Mathias

Justs eingewirkt und sein Mißtrauen gelenkt hatte. Man kennt das furchtbare Sprachgenie, mit dem die Psychose wütet, aber zwischen Rose und Kraus gab es nicht nur einen Gleichlaut der Namen, sondern eine Sinnverdrehung, einen giftigen Übergang von einer Sprache zur anderen.

Unter dem Vorwand, ihn fragen zu wollen, was ich mit den Briefen aus dem Safe anfangen solle, stattete ich Just einen zweiten Besuch im Sanatorium ab. Er empfing mich im selben Zimmer im dritten Stock des Schlosses. Er saß auf einem bemalten Holzstuhl neben dem Fernseher, der nicht eingeschaltet war. Vielleicht wartete er da seit Stunden und starrte durch seine dunkle Brille in die Zimmerecke. Seine Hände zitterten stark, seine Knie schlotterten, er war in jenem Zustand falscher Ungeduld, den die antipsychotischen Medikamente bewirken. Ich habe Ihnen gesagt, daß es wertlos ist, sagte er, alles reine Erfindung. Mein Vater war damals nicht in Berlin, er war kein Techniker, mein Vater war ein einfacher Kaufmann aus Hamburg, den man zwangsweise in ein Polizeibataillon nach Ostpolen versetzt hatte. Er schwieg lange. Das ist eine widerliche Methode, fuhr er dann fort, ich habe damit nichts zu tun, schaffen Sie mir das vom Hals. Auf meinen Hinweis, daß die Handschrift des letzten Briefs nicht mit der von Karl Rose übereinstimme, schnitt er eine anklagende Grimasse. Kraus, murmelte er, Kraus ist viel zu geschickt, um selbst zu unterschreiben. Jemand klopfte vorsichtig an die Tür, eine verschreckte Krankenschwester, die ihn ein wenig geziert aufforderte: Monsieur Just, Ihre Medikamente, Monsieur Just. Sie stellte einen Behälter mit Pillen auf seinen Tisch und wartete wortlos, bis er sie geschluckt hatte. Nachdem sie gegangen war, saßen wir einander wieder gegenüber, ich konnte seine Augen nicht hinter der dunklen Brille erkennen, aber ich glaube, daß er gar nichts anschaute, er hatte keinen Blick, meine Anwesenheit war ihm gleichgültig, und ich dachte an dieses technische Schriftstück, das zuerst von einem kranken Text befallen worden und dann langsam in einen Vernichtungsprozeß geraten war, so daß nur noch ein paar verstreute Wörter übrig blieben, Alltagswörter, prophetische Befehle, nicht verstehen, nicht sehen, die Todesmaschine arbeitet.

Ich konnte mich von den Briefen nicht losmachen. Je öfter ich sie durchlas, desto mehr schien sich ihr

Sinn von mir zu entfernen. Der Sinn eines Worts, eines Satzes oder Bildes ist an das gebunden, was einem ein anderer sagen will. Wer war der andere, was wollte er sagen, und warum fühlte ich mich, gleichsam wider mein Wissen, als Adressat seiner Botschaft? In der Nacht, die auf meinen Besuch im Sanatorium folgte, kam es zu einem entscheidenden innerlichen Ereignis. Dieses Ereignis ist ein Traum, den ich mit der ganzen Genauigkeit erzählen muß, zu der meine Erinnerung fähig ist. Ich war in einer aufgelassenen Fabrik, einem großen leeren Saal, in dem nur der Betonsockel der Maschinen zurückgeblieben war. Scheinwerfer, die an einer Kranbahn hingen, beleuchteten ein kleines Holzpodium, auf dem vier Männer im Frack das Streichquartett eines gewissen Rosenberg oder Rosenthal spielten. Hinter ihnen befand sich eine riesige Flügeltür, die ein Metallbalken versperrte. Plötzlich waren dumpfe Schläge zu hören, die immer heftiger wurden und von der Tür zu kommen schienen. Einer der Musiker unterbrach schließlich das Stück, stand auf, legte sein Instrument auf den Stuhl und machte sich an dem Balken zu schaffen, um die Tür zu öffnen. In diesem Augenblick erwachte ich. Ich war in einem Zustand tiefster Beklemmung. In meinem Kopf bildete sich eine Idee, eine beunruhigende Frage. Ich suchte nach dem Brief mit den Notenlinien im Hintergrund und fand bestätigt, was ich wahrscheinlich gesehen hatte, ohne daß es mir bewußt geworden war: Auf den Blättern waren jeweils vier Stimmen notiert, sie stammten also von der Partitur eines Streichquartetts. Die wenigen, kaum lesbaren Temponotationen führten mich zwar nicht unmittelbar auf eine Fährte, aber mit diesem Zeichen war alles oder fast alles gesagt.

Lynn Sanderson weigerte sich, mich zu empfangen. Sie behauptete, völlig erschöpft zu sein, eine Gallenkolik habe ihr sehr zugesetzt. Dem Rat ihres Arztes folgend plante sie, nach England zu reisen, um sich bei ihrer Mutter zu erholen. Da ich nicht lockerließ, beendete sie das Gespräch mit der unwiderruflichen Antwort: Wenn es um Mathias geht, nein und nochmals nein, ich habe in dieser Geschichte eine erbärmliche Rolle gespielt, ich habe zuviel geredet, sogar mit Ihnen, ich habe viel zuviel geredet.

Ich nahm wieder Kontakt zu Jacques Paolini auf. Er empfing mich wie beim ersten Mal in seinem Labor: dieselbe Zuvorkommenheit, dieselbe gewählte

Sprache, dasselbe schelmische Lächeln. Er begrüßte mich nicht ohne Herzlichkeit: Was für gute Nachrichten bringen Sie mir, Herr Industriepsychologe? Ich reichte ihm eine der Seiten der Partitur, die ich mit der Hand abgeschrieben hatte, um sie von dem darübergedruckten Text zu befreien. Haben Sie dieses Quartett gespielt? fragte ich ihn. Er schien ein wenig überrascht, ließ sich aber nicht aus der Fassung bringen, setzte seine Brille auf und begann leise zu summen. Der Auszug ist ziemlich kurz, sagte er, aber es muß das von Franck sein, zweiter Satz. Ja, wir haben es seinerzeit malträtiert, der Komponist möge uns vergeben. Paolini musterte mich über seine Halbbrille hinweg: Warum versteifen Sie sich so auf das Farb-Quartett, wollen Sie wirklich die alten Gespenster aufwecken? Ich stoppelte eine Antwort zusammen, von der er kein Wort glaubte. Trotzdem ließ er sich auf das Feld der Erinnerungen führen, erwähnte den vierten Mann, der nun allerdings ein hervorragender Musiker gewesen sei. Er hieß Arie Neumann, kam aus der Verkaufsabteilung und hatte die Firma zur Zeit der Umstrukturierung verlassen müssen. Ein erstaunlicher Mensch, dieser Neumann, sinnierte Paolini laut, neben ihm waren wir nichts als blasse Fiedler. Der Chemiker sprach nun ohne Mißtrauen, er nahm einfach hin, daß er den Grund meiner Neugier nicht recht begriff. Am Ende des Gesprächs, gleichsam als letzte Falle, fragte ich ihn, ob er je den Namen Karl Kraus gehört habe. Sie ziehen mich da in ein Frage-Antwort-Spiel, gab er zurück, dessen Beweggründe mir nicht klar sind. Aber Paolini konnte der Lust nicht widerstehen, mir die folgende Geschichte zu erzählen. Karl Kraus war ein so gewandter Redner, daß alles, was in Wien Rang und Namen hatte, seine Vorlesungen besuchte. Eines Tages, es war in den dreißiger Jahren, hörte Kraus, der nie etwas für die Nazis übrig gehabt hatte, im Radio eine Rede Hitlers und glaubte sich selbst zu hören, er war überrascht, eine Stimme zu erkennen, die sich derselben rhetorischen Techniken der Verführung, Hypnotisierung und Bezauberung bediente, eine Stimme, die lauerte und dahinschlich, um die Zuhörer zu umgarnen, dann allmählich anschwoll, kühner wurde und unvermittelt Drohungen und Beschwörungen ausstieß. Die Ähnlichkeit war so groß, daß Kraus überzeugt war, Hitler habe als junger Gefreiter seine Vorlesungen gehört und ihm Feuer und Stimme gestohlen, so daß dieselbe Stimme nun von Tausenden von Radiogeräten vervielfacht wurde, jenen Volksempfängern, die die Nationalsozialisten an die Haushalte verteilten, um ihre Parolen unters Volk zu bringen. Diese Geschichte von einem Diebstahl durch Mimesis ist eine schreckliche Parabel, schloß Paolini. Sein zweideutiges Lächeln verfolgte mich noch lange nach unserem Gespräch.

Bei meinen Nachforschungen zur Person Arie Neumanns stieß ich auf eine Akte, die mein Vorgänger nach dem Bewerbungsgespräch handschriftlich abgefaßt hatte. Sie enthielt einige Informationen über Alter, Familie, berufliche Laufbahn. Arie war damals fünfundfünfzig, er war der Bruder Cyril Neumanns, eines bekannten, inzwischen verstorbenen Pianisten. Jemand hatte auf dem Blatt notiert: »*Einnehmend, untypisch, inkonsequent, schwach motiviert, mittelmäßige Resultate.*« In den Jahresberichten stand die jeweilige Evaluierungsquote neben anderen Zahlen, die seinen nahezu konstant sinkenden Geschäftsumsatz belegten. Vor seinem Eintritt in die SC Farb hatte Arie Neumann sein Glück als freier Musiker versucht, er hatte danach in einem kleinen Handwerksbetrieb für Saiteninstrumente und zuletzt in einem Fachbuchverlag gearbeitet. Mehrmals waren seine Hotelrechnungen durchgestrichen und mit der lapidaren Bemerkung versehen: »*Überhöht.*«

Der Traum mit dem Streichquartett wiederholte sich dreimal, ich habe die Nächte vom 24. Februar, vom 2. und 4. März notiert. Jedesmal deformierte der Traum die ursprüngliche Szene, er vergrößerte die Metalltür ins Riesenhafte oder verkleinerte das beleuchtete Viereck, auf dem die Musiker spielten. Am Ende glichen sie mechanischen Hampelmännern, sie erinnerten mich an die starren kleinen Automaten auf der Spieldose in Justs Büro. Eine vorauseilende Angst ließ mich den Traum immer früher abbrechen. Beim letzten Mal erinnerte ich mich an gar nichts mehr, ich wußte nur, daß es sich um diesen und keinen anderen Traum handelte, ich erwachte mit Atemnot, mein Pyjama war schweißdurchnäßt, mein Herz klopfte mit aller Gewalt.

Am 8. März erhielt ich in der Firma einen Brief, dessen Typographie ich sofort wiedererkannte. Ich traute meinen Augen nicht, obwohl der Brief nur die greifbare Materialisierung einer Möglichkeit war, die mir schon öfters durch den Kopf gegangen war. Meine Hände zitterten, als ich den Umschlag aufriß. Er enthielt zwei Blätter, die wie die Telegramme früherer Zeiten von einem Streifen Graupapier durchzogen waren. Auf dem Streifen ein fortlaufender Text in Kleinschrift, ohne jede Interpunktion, von dem ich hier einen Auszug wiedergebe:

> *-es-scheint-daß-man-zufriedenstellende-resultate-erhält-wenn-man-die-tests-jeweils-in-hinblick-auf-das-beobachtete-verhalten-einsetzt-dies-impliziert-jedoch-die-abklärung-der-geeigneten-variablen-ausschließlich-aufgrund-der-klinischen-erforschung-der-konkreten-arbeitssituationen-und-die-bereitstellung-spezifischer-Instrumente-statt-des-üblichen-rückgriffs-auf-standardwerkzeuge-jedes-arbeitsunfähige-element-wird-daher-auschließlich-nach-maßgabe-der-objektiven-kriterien-behandelt-wie-man-ein-krankes-glied-behandelt-man-behalte-die-punkte-eins-alter-zwei-fehlstunden-drei-anpassungsfähigkeit-auf-der-achse-kompetenz-konvertibilität-im-gedächnis-ohne-die-regelmäßig-auf-den-neuesten-stand-gebrachten-evaluierungsquoten-zu-vernachlässigen-es-ist-zu-bedenken-daß-die-defizienten-personen-den-schaden-an-ihre-nach-*

folger-weitergeben-könnten-die-leistungen-werden-am-ende-durch-eine-gesamtnote-evaluiert-die-alle-faktoren-zusammenfaßt-und-prognosen-in-hinblick-auf-die-angestrebte-berufliche-funktion-gibt-verschiedene-a-priori-oder-a-posteriori-angewandte-klassifizierungsverfahren-haben-es-möglich-gemacht-homogene-gruppen-von-individuen-auszusondern-bei-denen-die-biographischen-prognosen-sich-als-ausgesprochen-nützlich-erwiesen-haben

Die Ereignisse, die Geschichten, bei denen wir weiter nichts als Zeugen, Nebenfiguren, manchmal Erzähler sein wollen, umfangen uns eines Tages mit ihrer gespenstischen Klarheit. In meiner ersten Reaktion hätte ich den Brief beinahe zerrissen, aber ich beruhigte mich rasch und wandte meine Kräfte daran, die Quellen dieser geschickten Textvermischung herauszufinden. Es handelte sich zum Großteil um ganz gewöhnliche Sätze aus einem Handbuch der Arbeitspsychologie. Diese aneinandergereihten Bruchstücke waren vage und allgemein, auch wenn ich eine präzise Anspielung auf meine Funktion, genauer gesagt: auf meinen persönlichen Beitrag zur Umstrukturierung nicht übersehen konnte. Innerhalb dieses allgemeinen

Rahmens, der durch das Fehlen jeder Interpunktion offengehalten wurde, verrieten einzelne Sätze eine andere Herkunft, sie verschmolzen mit dem ersten Text und schienen dessen Logik auf die Spitze zu treiben, indem sie bösartige Keime einführten, die das Gewebe zu zerstören drohten und bestimmten Wörtern eines sonst ganz gewöhnlichen technischen Vokabulars eine potentielle Bedeutung verliehen, die man niemals in ihnen vermutet hätte. Ich erinnere mich, daß ich nicht mehr imstande war, dieses Machwerk, das mir einen groben Zerrspiegel vorhalten wollte, weiter zu analysieren. Damals, nachdem ich den Brief erhalten hatte, empfand ich Wut und Angst. Wut und Angst, denn ich fürchtete, nunmehr im Schußfeld des anonymen Vollstreckers zu sein. Der Mann hatte sich mir zugewandt, er hatte seine Waffe weiterbewegt, er zielte auf mich wie ein Heckenschütze im dunklen Winkel eines Fensters. Natürlich war kein Absender auf dem Umschlag, die Sendung war wie die an Mathias Just adressierten Briefe in der Stadt N. aufgegeben worden.

Paolini, den ich sogleich kontaktierte, behauptete, zuviel Arbeit im Labor zu haben, und stimmte dann griesgrämig einem Treffen während der Mittagspause in der Cafeteria zu. Diese Zurückhaltung war bei ihm neu. Wenn er einen so öffentlichen, überlaufenen Ort wählte, dann zweifellos deshalb, weil er unser Gespräch in engen Grenzen halten wollte. Diesmal hatte ich einen distanzierten, verlegenen Menschen vor mir, der mir auswich und abschweifte, wann immer er konnte. Am Ende zeigte ich ihm eine Passage aus dem anonymen Brief und fragte ihn, ob er es sei, der seine Briefe ohne Unterschrift verschicke und sich mit diesem abscheulichen Spiel vergnüge. Er nahm sich die Zeit, die Passage aufmerksam zu lesen, ließ dann seinen Blick auf mir lasten, der schwer war von Hintergedanken, und sagte: Diese Geschichte wird also niemals enden. Auf die Frage, ob er Neumann seit unserer letzten Begegnung gesehen habe, antwortete er weder ja noch nein, sondern wahrte ein beredtes Schweigen.

An diesem Nachmittag wurde mir in der Arbeit schlecht, es war der erste einer Reihe von Übelkeitsanfällen, die mich nun regelmäßig während der Seminare heimsuchten und mit der Zeit die ruhige Selbstsicherheit ins Wanken brachten, die mich zu einem verläßlichen und allseits geschätzten Fachmann gemacht hatte. Ich hatte plötzlich das Gefühl, mich zu verdoppeln, ich merkte, wie ich zögerte, ein Wort auszusprechen, dessen Sinn mir auf einmal fremd war, die Blicke der Teilnehmer steigerten meine Verwirrung, und das wachsende Unbehagen ließ mich nach Atem ringen. Ich mußte gewisse Tricks anwenden, um mich wieder in die Gewalt zu bekommen, und der Rest der Sitzung verlief in einer ständigen Anspannung, die mich zwang, alle meine Äußerungen zu überwachen. Am Ende fürchtete ich diese Seminare, ich berief mich auf die angeblich vermehrte Evaluierungsarbeit, um sie zu verschieben, und versuchte, mein Selbstvertrauen wiederzugewinnen, indem ich mich abends in die Lektüre anspruchsvoller wissenschaftlicher Werke vertiefte. Ich wurde von Zweifeln geplagt, hatte das Gefühl, meine eigene Berufswahl (diese von den Handbüchern der Arbeitspsychologie so ausgiebig kommentierte Wahl) beruhe auf einem fundamentalen Mißverständnis. Denn welchen Sinn hatte es, die Leute für etwas zu motivieren, das sie eigentlich kaum etwas anging? In bestimmten, zum Glück vorübergehenden Augenblicken glaubte ich sogar, eine Art Fluch laste auf mir. Diese Idee drängte mich dazu, die anonymen Briefe ins Feuer zu werfen. Ich tat es nicht, weil mir die Sinnlosigkeit einer solchen Geste zu Bewußtsein kam und weil ich dunkel spürte, daß noch nicht alles gesagt war. Jeder dieser Briefe stellte ein Beweisstück dar, das noch nicht gesprochen hatte, und ihre Vernichtung konnte den erschreckenden oder feindseligen Gehalt der Briefe nicht zum Verschwinden bringen. Am 22. März erhielt ich eine Sendung, die ich ebenso sehr gefürchtet wie erwartet hatte. Ich fand darin dieselben zwei Seiten mit dem Streifen Graupapier, dieselben Fragmente aus einem Handbuch der Arbeitspsychologie, aber allem Anschein nach (der Vergleich der beiden Briefe ließ keinen Zweifel zu) war der erste technische Text in diesem Fall überschwemmt und gleichsam verschlungen vom *anderen* Text, dessen signifikanteste Teile ich hier wiedergebe:

> *-jedes-arbeitsunfähige-element-wird-daher-ausschließlich-nach-maßgabe-der-objektiven-kriterien-behandelt-wie-man-ein-krankes-oder-abgestorbenes-glied-behandelt-*
>
> *die-auswahl-hat-nach-dem-beschriebenen-plan-stattzufinden-in-zweifelsfällen-ist-der-fragebogen-der-Reichsar-*

beitsgemeinschaft-Heil-und-Pflegeanstalten-heranzu-ziehen-

-das-programm-Tiergarten-4-berücksichtigt-die-fähigkeit-zu-mechanischer-arbeit-man-versteht-darunter-die-fähig-keit-die-handbewegung-effizient-ohne-leistungsverlust-auszuführen-

-in-Grafeneck-wurden-neuntausendachthundertneun-unddreißig-behandelt-in-Sonnenstein-fünftausendneun-hundertdreiundvierzig-in-Bemburg-achttausendsechshun-derteins-und-in-Hadamar-zehntausendsechsundsiebzig-

Die Anspielung auf das Vernichtungsprogramm für Geisteskranke, von den Nazis **Tiergarten 4** getauft, schien mir nicht nur plump, sondern auch beleidigend. Aber diesmal hatte er seinen Namen auf die Rückseite des Umschlags geschrieben: »*Arie Neumann, Café Salzmann, N., abends zwischen siebzehn und neunzehn Uhr.*«

Ich werde mich immer an dieses große, traurige Café erinnern, in dem es wie in alten Zeiten eine Tanzfläche und ein weißlackiertes Klavier gab. Zwei Kellner im Frack liefen zwischen den Tischen umher, man hörte eine ferne Musik und gedämpftes Stimmengeplätscher. Die Gäste unterhielten sich leise, als wollten sie die Atmosphäre nicht stören. Es dauerte eine Weile, bis ich ihn hinter der leeren Tanzfläche erkannt hatte, aber dann war ich sicher, daß er es war: dieser Mann, der dort allein an einem Tisch saß, einen zusammengerollten Mantel neben sich, mit nachdenklicher Miene an seiner Zigarette zog und ab und zu ein paar Wörter in ein kleines Notizheft schrieb. Er trug einen ausgefransten Pullover, die langen grauen Haare waren mit einem schwarzen Gummiband nach hinten gebunden, das Gesicht wirkte unter der Saalbeleuchtung knochig und bleich. Der Oberkellner stellte mit respektvoller Behutsamkeit ein neues Glas auf seinen Tisch. Ich ging zu ihm hinüber und sprach ihn leise an: Arie Neumann? Irritiert hob er den Blick, ließ mich meinen Namen wiederholen und bat mich dann, Platz zu nehmen. Ich gebe den Wortlaut dieses Gesprächs so genau wie möglich wieder, auch wenn ich mir bei manchen Wörtern nicht sicher bin, ob er sie sagte. Ich erinnere mich, daß ich am Anfang von seinem hellen Blick wie festgenagelt war, einem Blick, der mich weniger zu durchdringen als wiederzuerkennen versuchte. Warum sind Sie gekommen? fragte er mit freundlicher, beinahe wohlwollender Neugier. Ich antwortete: Mit Ihrem zweiten Brief haben Sie ein Treffen doch herausgefordert. Sie hätten die Herausforderung ignorieren können, wandte er auf dieselbe sanfte, teilnahmslose Weise ein, Sie hätten den Brief ebensogut verbrennen können. Ich stammelte: Wahrscheinlich wollte ich das Gesicht des Absenders sehen. Und ich hörte mich mit belegter Stimme hinzufügen: Es ist ein Zeichen von Feigheit, Briefe ohne Unterschrift zu verschicken. Von Feigheit, wiederholte er, ehe er bedächtig erklärte: Ich glaube, jeder der Texte war gezeichnet, Monsieur, sei es mit einem Namen, sei es durch das leicht erkennbare Korpus, aus dem er stammte. Ich habe nichts anderes getan, als Fragmente zu vereinigen, deren Autor ich in keinem der Fälle war. Insofern bin ich nicht der einzige Verantwortliche für die Frage, die Sie zu mir führt. Sie machen es sich etwas zu einfach, erwiderte ich, Sie wissen besser als ich, wie geschickt jeder dieser Texte ausgewählt, adressiert, formatiert war, das Perverse liegt darin, daß Sie sich nicht in vollem Licht zeigen, diese Vorgangsweise ist nicht nur unehrlich, sie ist unmenschlich. Er musterte mich schweigend. Sie haben recht, sagte er, das sind genau die richtigen Worte: Es ist unmenschlich. Und er fügte leise hinzu: Mein einziger Beitrag bestand darin, mit den Texten wie mit Formen auf weißem Papier zu spielen. Ein billiges Spiel mit dem Familiennamen Justs, wandte ich ein. Und trotzdem ist das der Punkt, fuhr er fort, der schreckliche Zufall einer Namensgleichheit. Ein Spiel mit dem Namen, ein Wort für ein anderes, eine Ähnlichkeit: Nur unter dieser Bedingung kann der Sinn auftauchen. Und er zog sich wieder in sein Schweigen zurück. Ich hatte das Gefühl, daß wir nicht weiterkommen würden, weil er mir auf jede meiner Fragen in selbstverständlichem Ton diese allgemeinen, nie ganz eindeutigen Formulierungen zurückgab. Dennoch las ich in seinem Blick eine Trauer und sogar ein verhülltes Leid, das jene Mischung aus Schrecken und Zorn, die unsere Begegnung bei mir hervorgerufen hatte, besänftigte. Ich habe miterlebt, wie der Wahnsinn Mathias Justs langsam fortgeschritten ist, nahm ich den Faden wieder auf. Der Wahnsinn war von Anfang an da, entgegnete er, der Wahnsinn war vor ihm, lange vor ihm da. Und er sagte wörtlich: Auch ich habe den Wahnsinn Justs kennengelernt, aber damals war er eisig wie sein Herz. Er griff nach der Zigarettenschachtel und hielt sie mir hin. Wenn Mathias Just musizierte, fuhr er nachdenklich fort, glich er einem strebsamen Kind, er war unruhig, von der Leere fasziniert, er klammerte sich an sein Instrument. Die ganze Anspannung dieses Mannes war in diesem Augenblick enthalten. Erst später, als die Musik zu Ende war, erst später habe ich seine Blindheit in ihrem ganzen Ausmaß begriffen, aber auch jene andere, viel schlimmere, umfassende Blindheit, eine Art Sprachstörung, die mit dem eisigen Wahn solcher Leute verbunden ist. War es nötig, diesen Wahn zu wecken? fragte ich ihn. Er antwortete, wobei er jedes einzelne Wort abwog: Ich habe Schlag um Schlag zurückgegeben, mit der Gewalt einer Botschaft, die von niemandem an niemanden gerichtet ist, verstehen Sie? Da ich zu erkennen gab, ich verstünde nicht, begann er eine Geschichte zu erzählen, eine düstere Allegorie, die wiederum jenes technische Schreiben vom 5. Juni 1942 betraf, als hätten wir es nie ad acta gelegt, als wären wir dazu verdammt, es bis in alle Ewigkeit wieder und wieder zu lesen. Dort, begann er, ist ein grauer Lastwagen, der die Stadt durchquert, es ist ein ganz gewöhnlicher, metallfarbener Lastwagen auf dem Weg zum Minenschacht, der zwei oder drei Kilometer hinter den letzten Häusern liegt. Fahrer und Beifahrer wenden sich nicht zum Sichtfenster, durch das man den Laderaum beobachten kann. Sie sind müde, sie haben bis zum Einbruch der Nacht noch zehn Transporte durchzuführen, zehn Fahrten durch die Stadt unter den unangenehmsten Bedingungen. So unangenehm, daß sie während der ersten Minuten der Fahrt voll aufs Gas steigen müssen, um die Schreie und seltsamen Stöße zu übertönen, die oft sogar den Wagen zum Schwanken bringen. Glücklicherweise wird alles sehr bald wieder ruhig, und der Transport kann im vorgegebenen zeitlichen Rahmen abgewickelt werden. Man sieht einen, zwei, zehn Lastwagen, die auf den Minenschacht zufahren. Wo fahren die Lastwagen hin? fragt das Kind, das am Fenster steht. Sie fahren zur Mine, sie machen ihre Arbeit. Bei Einbruch der Nacht stehen die Lastwagen im Schulhof nebeneinander, die Fahrer lassen eine Flasche Schnaps kreisen, sie sind erschöpft und glücklich, daß ein Arbeitstag zu Ende ist, der wie alle anderen viel zu früh begonnen hat. Die Beifahrer notieren die Zahlen des letzten

Transports und übergeben den Tagesbericht dem verantwortlichen Offizier, der ihnen auf die Schulter klopft und zu jedem irgendein Scherzwort sagt. Der Offizier denkt, daß der Auftrag, wenn das Wetter so mild bleibt, kein Regen, kein Schlamm, in dem die Lastwagen steckenbleiben, bis zum Ende der Woche ausgeführt sein wird. Und sein Vorgesetzter, der Obersturmbannführer, der den Befehl an einem Ort hundert Kilometer von hier erteilt hat, wird sich über den guten Fortgang der Operationen freuen. Wenn man einen dieser Männer fragt, was er da macht, wird er antworten, daß alles wie vorgesehen abläuft, mit ein bißchen Verspätung gegenüber dem Zeitplan vielleicht, er wird Ihnen in dieser toten, neutralen und technischen Sprache antworten, die aus ihm einen Lastwagenfahrer, Beifahrer, Unterscharführer, Polier, Wissenschaftler, technischen Leiter, Obersturmbannführer gemacht hat. Arie Neumann deutete ein fernes Lächeln an. Verstehen Sie jetzt besser? Ich verneinte. Ich sagte, daß ich alle diese Geschichten von Vernichtung und Holocaust satt hätte und daß es meiner Meinung nach von einem morbiden Voyeurismus zeuge, wenn man sie immer wieder von neuem beschwöre.

Kaum hatte ich diesen Satz ausgesprochen, schien er mir auch schon fehl am Platz, bestenfalls provokant. Sind Sie Jude? fragte er mich nach einer Pause. Ich zuckte zusammen, ich hörte mich antworten, mein Vater sei Jude, aber das Judentum werde, wie es heiße, von den Müttern weitergegeben. Das Judentum von den Müttern, wiederholte er, als glaubte er mir nicht, und er näherte seine Hand meinem Gesicht, es war ein sehr seltsamer Moment, der mehrere Sekunden dauerte, er führte seine Hand an mein Gesicht und ließ seine Finger darübergleiten, als versuchte er tastend darin zu lesen. Ein Gefühl der Scham ergriff mich, und ich mußte einen körperlichen Reflex unterdrücken, der mich zurückweichen ließ, sowohl wegen des intimen Charakters dieser Geste, die ich als beinahe feierlich in Erinnerung habe und in der keine erkennbare Absicht lag außer der, so etwas wie eine langsame, aufmerksame, ungläubige Zeremonie des Wiedererkennens an mir zu vollziehen, als auch wegen der Anspielung auf das Judentum, in der meine eigene Verleugnung nachklang. Er zündete sich eine weitere Zigarette an, und ich sah, daß er zitterte. Die Geschichte, die er mir dann erzählte, wirft ein anderes Licht auf das, was soeben geschehen war. Die Erregung machte seine Stimme heiser, und während er sprach, fixierte er mich mit zusammengekniffenen Augen, als sähe er durch mich hindurch einen anderen an. Er mußte sich mehrmals unterbrechen. Ich sehe einen Bahnhof, begann er, ich sehe Menschen, die benommen aus versiegelten Waggons steigen. Inmitten dieser verängstigten, auf dem Erdwall taumelnden Kreaturen sehe ich einen schwarzen Fürsten mit herrischem Gebaren neben einem Krankenwagen des Roten Kreuzes, der dort als Attrappe steht. Der Mann ist Arzt, er teilt die Menge in Schwache, Alte, Kranke einerseits, Arbeitsfähige andererseits. Er sagt links, links, rechts, links, das sind die einzigen Wörter, die er gebraucht. Ein Junge von zwölf oder dreizehn Jahren, den er nach links geschickt hat, wehrt sich wie ein kleiner Teufel gegen die grünen Uniformen, die ihn umringen. Er wirkt bereits kräftig und willensstark. Der Arztoffizier zögert, er ist drauf und dran, seine Entscheidung zu ändern, doch dann gibt er sich einen Stoß und brüllt: Ich habe links gesagt, und dabei bleibt es. Nachts kann er nicht schlafen, er geht in das Zimmer seines Sohnes, der schläft. Sein Kind, das weiß er, gleicht jenem jüdischen Teufel, er entdeckt, daß es diese Ähnlichkeit ist, die Ähnlichkeit mit seinem eigenen Kind, die ihn vorhin verwirrt hat. Er legt sich in das Bett seines Sohnes, er nimmt ihn so fest in die Arme, daß der Junge erschrocken aufseufzt, er spürt die Berührung seines Vaters im Rücken und will schreien, aber er wagt es nicht, er stellt sich schlafend, sein Körper, die Haut seines Körpers liest den Körper seines Vaters und wird ihn das ganze Leben lang lesen wie einen Tierschatten, der ihn mit sich in den Abgrund zieht, während diese zwei kleinen Wörter für alle Zeiten nachhallen wie eine stockende Litanei: links, links, rechts, links... Er drückte seine Zigarette aus, und ich glaubte zu sehen, daß er weinte. Im Halbdunkel des Café Salzmann, mit vollkommen entspanntem Gesichtsausdruck. Er wirkte fern von allem, unerreichbar, und dennoch so nahe, unendlich verletzbar. Langsam übertrug sich seine Ergriffenheit auf mich. Ich fragte ihn schließlich, warum er mir das erzählt habe. Er sagte einfach: Es ist unsere ganze Geschichte. Welche Geschichte? wollte ich wissen, Ihre oder meine? Er schien mich nicht zu hören.

Sie sind auch Jude?

Er verneinte mit einer Kopfbewegung.

Arie ist doch ein jüdischer Name.

Arie ist nicht der Name, den mir mein Vater gegeben hat.

Er ging schnell weg, zum Abschied berührte er mich nur kurz an der Schulter. Ich habe unser Gespräch unzählige Male in der Erinnerung ablaufen lassen, und im Durcheinander der Eindrücke dachte ich, daß er die Begegnung nicht weniger gefürchtet und gewünscht hatte als ich. Ich habe versucht, den Punkt festzumachen, an dem sie umschlug, und habe diesen sehr früh angesetzt, nämlich in dem Augenblick, als er von Just und der Musik zu sprechen begann. Dann habe ich die Bewegung seiner Hand auf meinem Gesicht wiedergesehen und mir gesagt, daß er damit vielleicht unsere Isolierung durchbrechen, einen Zugang erzwingen und die anonyme Aggression der Briefe zurücknehmen wollte, wie um mir zu sagen: Ich möchte dich mit diesen Briefen nicht mißachten, dich nicht zerstören, denn ich kenne dich nicht. Ich hatte das Bild von Feinden vor mir, die sich nicht mehr als Feinde erkennen, oder von Liebenden, die einander wiederfinden und ihre Liebe für sich behalten, ich dachte an das Gefühl von verflogener Wut und großer

Erleichterung, das in mir zurückgeblieben war. Und ich erinnerte mich an die Beklemmung, die mich ergriffen hatte, als sich die Hand Mathias Justs um meinen Arm gelegt hatte, an diese beängstigende Umklammerung, die plötzlich das Gesicht des anderen auslöschte. Denn der eine hatte mich zum anderen geführt, und vielleicht würden sie sich am Ende vereinen, würden einander gleichen, mit ihrer Körpergröße, der knochigen, harten Maske, der dunklen Erinnerungslast, die sie in ihrem Inneren trugen, und diesem beharrlich nach Schärfe suchenden Blick.

Er kehrte nicht ins Salzmann zurück, ich habe ihn nicht wiedergesehen. Der Oberkellner konnte mir nur wenige Auskünfte geben. Er kam zum Schreiben her, sagte er, er saß dort hinter der Tanzfläche, trank einige Gläser Bier, sprach mit niemandem, kam mehrere Tage hintereinander, verschwand dann wieder für längere Zeit. Anscheinend war er Musiker, denn er bat manchmal darum, ein Konzertprogramm aushängen zu dürfen. Der junge Kellner zeigte mir ein bräunliches Plakat, das für den 8. April das Konzert eines Streichquartetts ankündigte. Ich merkte mir die Daten und ließ es dabei bewenden.

Am 24. März, gleich nach meinem Eintreffen in der Firma, ließ mich Karl Rose in sein Büro kommen. Er hatte seine sorgenschwere Miene aufgesetzt, bedauerte, diese schmerzliche Maßnahme ergreifen zu müssen, und reichte mir meinen Entlassungsbrief. Der Entscheidung war keine Begründung beigefügt, der einzige Hinweis, den er mir zu geben bereit war, lautete: Einige Ihrer Kollegen haben eine gewisse Anzahl von Pflichtverstößen registriert, die mit der Ausübung Ihres Berufs schlecht vereinbar sind. Genaueres wollte er mir nicht sagen. Unvermittelt kam er auf die Kündigungsfrist zu sprechen: Er wünsche nicht, daß ich die verbleibende Zeit noch ableiste. Zum Abschied warf er mir ein eisiges »Viel Glück« zu. Ich hatte eine Stunde, um meine Sachen in eine Plastiktüte zu packen, den Büroschlüssel abzugeben und die Firma zu verlassen. Durch das Fenster machte mir eine Sekretärin ein fernes Zeichen, sie hatte ein Taschentuch in der Hand, ich glaube, sie weinte. Auch ich hatte Lust zu weinen, aus Ohnmacht und auch, weil ich traurig war, traurig wie bei einem kleinen Tod. Der Märzschnee fiel in flüchtigen Flocken, die sofort schmolzen, wie an jenem Novembertag, als mich Rose in sein Büro bestellt hatte.

Zwischen diesen beiden Schneeklammern war der Winter vergangen, ein unseliger Winter voll Nebel und Regen. Ich lief lange durch die Straßen der Stadt, bevor ich nach Hause ging. Meine Wohnung kam mir merkwürdig still vor, ich räumte meine Sachen ein (handschriftliche Notizen, Fachbücher), öffnete zum Spott eine Flasche Champagner und trank sie leer.

Das Konzert am 8. April fand in einer alten Barockkirche statt, das Gewölbe und die Wände waren nackt, man hatte alle religiösen Symbole entfernt. Wenig Publikum, das Kirchenschiff war trotz der Heizstrahler eisig. Zu Beginn des Programms wurde *Fratres* von Arvo Pärt gespielt. Der estländische Komponist, so wurde erklärt, hatte sich vom Anblick einer Mönchsprozession inspirieren lassen, die im flackernden Kerzenlicht dahinzog. Er arbeitete bewußt mit sehr wenigen Elementen, mit einer oder zwei Stimmen und drei gedehnten, ständig modulierten Noten. Als die Musiker auf das Podest stiegen, das als Bühne diente, sah ich in allen Einzelheiten die Szene aus meinem Traum wieder. Arie Neumann war der letzte von ihnen, er trug seine Geige mit großer Behutsamkeit. Als die anderen schon saßen, blieb er noch eine Weile stehen und blickte in meine Richtung. Für mich war dies der Augenblick einer stummen, erschütternden Benennung. Und als vor dem Hintergrund eines Basso continuo die ersten Noten aufstiegen, sah ich, was ich nicht hatte sehen können, was ich nicht hatte sehen wollen, diese plötzlich überdeutlichen Bilder in der Öffnung der Metalltür, nachdem der Balken aufgestoßen war, die schwarze Masse der Körper, den Haufen ineinander verkeilter lebloser Körper unter dem vergitterten gelblichen Leuchtkörper, **Ladung, Ladegut**, das auf dem leicht geneigten Boden abwärts glitt und hier eine Hand, ein Bein sehen ließ, dort ein zerschmettertes Gesicht, einen verzerrten, blutigen Mund, Finger, die sich in den Stoff eines klebrigen Unterrocks krallen, verschmutzt von Urin, Erbrochenem, Blut, Schweiß, Schleim, **Flüssigkeit**, und die Gesamtheit dieser Körper, **Stücke**, die widerstandslos durcheinandergleiten und das Gewicht der Masse in Richtung der Grube verlagern, alle diese geschmeidigen, aber verworrenen, immer wieder durchmischten Leichen, diese hier gedehnt wie eine weiche Puppe, jene gleichsam von Krämpfen geschüttelt, und jede einzelne sich langsam aus der Masse herauslösend durch die **Gewichtsver-**

lagerung, jede einzelne sich nach und nach aus der erstickenden menschlichen Umarmung lösend, diese grimassierende Maske hier und das bläuliche, angststarre Gesicht dort unter dem **dicken Schmutz**, der Scheiße, diese kleinen Wesen zwischen den Beinen der Frauen und die abgemagerten Alten, die Mädchen mit den tiefen Augenhöhlen, die nackten, von blauen Flecken übersäten Jungen, alle diese Kreaturen, **Stücke**, die Namen trugen, **Stücke**, in einer Sprache, die sich mehr als jede andere der sakralen Leidenschaft für Namen, Wörter und Zeremonien verschrieb, **Stücke**, Moses, Moshe, Amos, Hannah, Shemel, Shemuel, **Stücke**, meine Mutter, meine Liebe, **Stücke**, Micha, Maika, Magdalena, **Stücke**, **Stücke**, **Stücke**, diese Körper, die aus der erdvermischten Masse hervorkommen, um der Reihe nach, einzeln, in Paaren oder Paketen, in das dunkle Loch der Mine zu fallen, **Dunkel**, das Meer der verschwundenen, verschlungenen Körper, aus dem die Schreie aufsteigen, neun uneinige Geigen, drei schrille Noten. *Fratres*. Schwarz.

Ich habe sonst keine Erinnerungen, was diese Geschichte betrifft. Ich weiß, daß Lucy Just eines Tages eine Nachricht auf meinem Anrufbeantworter hinterlassen hat, aber ich habe sie nicht zurückgerufen. Einige Monate nach meiner Entlassung erhielt ich eine Stelle in einem Heim für autistische Kinder, wo ich immer noch arbeite. Es ist eine unbequeme und schlecht bezahlte Arbeit, aber ich will sie nicht aufgeben. Es ist eine wilde Schönheit in diesen Kindern, die die Sprache mit den Menschen verloren haben. Aber nicht das hält mich bei ihnen. Vielleicht ist es ihr Blick, denn sie sehen alles, ihnen entgeht keiner unserer Tricks, keine Schlauheit und keine Schwäche. Einer von ihnen heißt Simon, wie ich. Wenn ihn die Angst überkommt, schlägt er seinen Kopf gegen die Wand, bis er blutet. Dann muß man sich ihm behutsam nähern und versuchen, ihn zu beruhigen, indem man ihn an sich drückt, ohne die schwache seelische Hülle zu verletzen, die er noch hat. Es ist dieser ungewisse Kampf, dieser immer wieder aufgenommene Kampf gegen die Schatten, der mich weit mehr gelehrt hat als die vielen Jahre meiner glanzvollen Karriere bei der SC Farb. Manchmal denke ich, das ist mein persönlicher Akt des Widerstands gegen Tiergarten 4. Und ich glaube, es gefällt mir inzwischen, an den Rändern der Welt zu existieren.

Anmerkung des Übersetzers:
Die fettgedruckten Wörter sind, neben einigen anderen, die nicht typographisch hervorgehoben werden konnten, im Original deutsch geschrieben.

Titel der Originalausgabe: *La question humaine*
Umschlaggestaltung; Michel Keller
Satz: Schuster & Junge, München
Druck und Bindung: Clausen & Bosse, Leck
ISBN 3-88897-244-2
2 3 4 5 • 04 03 02 01 00